2DB
JN105342
百合（ゆり）いんふるえんさー
ふたりのエッチな野外活動
小説 あらおし悠
イラスト 鈴音れな

登場人物紹介
みなみしょう
南海硝
なかなか芽の出ない女優活動を
行っている女子校生。同じクラ
スの束咲に対して、とある出来
事の罪悪感を引きずっている。
うたみつかさ
卯民束咲
「ウタウサギ」の名前で投稿した
歌動画が流行し、有名人の仲間
入りを果たした少女。しかし本当
の彼女は人見知りで…？

プロローグ　これは痴漢じゃありません

春休みの、よく晴れた日。

南海硝は、焦っていた。そして息苦しさに呻いていた。映画のオーディションに向かう快速電車で、朝の通勤ラッシュに巻き込まれてしまったのだ。

「ううっ、潰されそう……っ。でもこれに乗らないと遅刻だし……」

サラリーマンをギュウギュウに詰め込んだ車両は、文字通り立錐の余地もない。腕をあげて吊革に掴まることすらできず、列車が揺れるたび乗客たちの全体重がのし掛かってきて、あまりの圧迫感に命の危機さえ感じるほど。普段の通学に使う電車はそれほど混雑しないので、硝は、初めてのことに翻弄されて間を回す。

「ああもう。せっかくお洒落に決めてきたのにぃ」

こんなに揉みくちゃにされたら、ショート丈のカーディガンも、ハイウエストのロングスカートも、シワだらけになってしまう。そんな中にあっても、オーディション用の台本が入った大事な黒リュックだけは、死に物狂いで片手に抱え込んでいた。

高校合格を機に始めた、女優業。一年前、芸能事務所の新人募集に履歴書を送って合格して、めでたく、子供の頃からの夢を叶えた。

でも、順調だったのはそこまで。事務所には他に売り出し中の俳優やアイドルがいて、あまり構ってもらえていない。件の公募は、とりあえず定期的に行って人員を確保しておく、という以上の意味はなかったらしい。一応、女性のマネージャーはいるけれど、複数のタレントを担当していて硝にまで手が回らない状態だった。

そんな感じで放置されている無名の新人に、仕事なんてあるわけがない。エキストラ的な役を数本こなした以外は、演技レッスンとオーディションの落選を繰り返す日々。名前のある役をもらうどころか、セリフを喋った経験も皆無。初めてドラマに出られた時なんて、出演シーンがまるごとカットされた。そんなの珍しくないよと事務所の人が慰めてくれたけれど、ショックだったことに変わりない。

「やっぱり名前かなぁ。硝ってガラスのことだし……。存在感なさそうだもんなぁ」

あまりに役に恵まれないせいだろうか。これまでの人生で気にしたこともないくせに、自分の名前に八つ当たり。

でも、ここにきて大きなチャンスが訪れた。今日のオーディションは、人気恋愛少女コミックの映画化企画。ヒロイン役を経験不問で公募する、という話題作だ。

「これを逃す手はないもんねっ。今度こそセリフのある役を……せめて、これがデビュー作ですっていわれるやつを掴み取るんだ……！」

人知れずこっそり気合いを入れる。が、慣れない満員電車で自分の世界に没入したのはまずかった。

『この先、急カーブが続いて列車が揺れます。ご注意ください』

「――え、なに？」

車内アナウンスを半分聞き逃し、強めの遠心力を食らってしまった。毎日のことで慣れているはずの通勤おじさんたちもここは別格なのか、居並ぶ頭が同じ方向に大きく傾く。

「ぐぇえっ」

硝もバランスを崩し、およそ女の子らしくない呻きを上げた。おまけに、抱えていたリュックが腕からするりと滑り落ちる。

（あ、ヤバっ！）

下を向くのもままならない、押し合いへし合いの密集状態の中、水を掻き分けるように手探りで荷物を求める。辛うじて左手が肩紐を掴みひとまず安堵。と思った瞬間、またも列車がガタンと揺れて、前の人に体重を預けるように寄りかかった。

「ご、ごめんなさ……」

もちろん即座に謝った。けれど、最後の一文字が喉の奥へと飲み込まれる。眼前の人物の、整った容貌に見惚れてしまったからだ。

（うわぁ……。綺麗な子……）

満員電車の窮屈さに辟易するばかりで、そこに女の子がいるなんて少しも気づかなかった。黒いパーカーのフードをかぶってはいるが、白い肌や通った鼻筋、艶のあるぽってりとした唇、眉にかかる黒髪の輝きは、少しも隠しきれていない。

すっきりとしたラインの頬や、どこか気だるげな吊り気味の瞳は、まん丸ほっぺやまん丸垂れ目の硝とは正反対。美少女という以外、なんて形容すればいいのだろう。現場で見かけた女優でも、ここまで肌が綺麗な人は滅多にいない。

(同い年くらい……かな)

目線の高さが一緒なので、背丈も変わらないだろう。そこまで共通点があるのに、いやむしろそれだけに、子供っぽい容貌の自分とどうしても比べてしまう。

(あ、フードにウサギの耳がついてる。そういう可愛いのが好きな系?)

顔立ちとのギャップに、満員電車で荒みかけた心が、ちょっとだけ和む。

それにしても――と、硝は違和感に首を傾げた。ウサ耳黒パーカーの少女の頬が、妙に紅い。潤んだ瞳を逸らし、唇を噛み締めている。

(どうしたんだろう。風邪気味なのかな)

心配になったけど、そんな感じの表情とも違う。

どちらかといえば、まるで恥辱に耐えているような――。

(ひぇっ!?)

音に出さずに奇声を上げる。まるで、じゃなかった。彼女はまさに、恥辱を受けている真っ最中だった。スカートの中の、脚の間。下着の際のギリギリを触られている。なぜ分かるのかといえば、それをやらかしているのが、硝自身に他ならないから。

(これって、もしかして……ちちち、痴漢!?　あたしが!?　あたしが痴漢!?)

右手が柔らかい内腿に包まれて温かい。いつこんな場所に差し込まれたんだろう。さっきのカーブでバランスを崩した時だろうけど、今、問題にするべきはそこじゃない。一刻も早く引き抜いて、言い訳とか謝罪とかしなければ。だけど、この状況では彼女も思うように身動きが取れないらしく、硝の手をギュッと挟んで離さない。

「ん……ンっ」

硝が懸命に手を動かすたび、彼女の小さな喘（あえ）ぎが耳をくすぐる。外見に似合わず、飴玉を転がすような甘い声。普通のシチュエーションで聞いたら「可愛い！」と叫んでいたはず。だけど今は、その吐息が刃となって罪悪感をザクザク突き刺してくる。

（ごめんなさいごめんなさいっ。すぐ抜くからっ。だからあなたも、ちょっとでいいから脚を緩めて！）

心の中で叫ぶだけの謝罪と懇願（こんがん）が、少女に届くはずもない。むしろ、痴漢の自由にさせまいとしてなのか、逆に思いきり挟み込んだ。か細い声とは裏腹の力から、彼女の必死さが伝わってくる。

（誤解なの！　間違いなの！　お願いだから離してよぉ！）

痴漢行為に気づく人が現れるのも、時間の問題。追い詰められた硝は一気にケリをつけようと、思いきり右手を引っ張り上げた。

「――――ッ!?」

少女の目が大きく見開かれる。脱出に失敗した硝の指が、下着の底を強めに擦り上げてしまったのだ。彼女は燃えるような赤に顔を染め、再びギュッと目をつぶる。何かを言いたげに唇を震わせるけど、恐怖が先に立って言葉にならない。

　そして硝もまた、自分の所業に恐れおののき、同じような顔をしていた。無理に引き抜こうとするほどに、指が少女の下着に深く食い込んでいく。秘部を繰り返し擦り上げ、窪みの形を感じ取ってしまう。

（ヤバい……ヤバい……！　これじゃ本当の痴漢になっちゃうよぉ！）

　痴漢なんて、ただでさえ社会的に抹殺されかねない行為。ましてや同性相手になんて、どんな好奇の目に晒されるか分かったものじゃない。怖い想像ばかりが頭をよぎり、どんどん絶望的な境地に陥っていく。

（あたしは夢を叶えに行くところなの！　こんなところで罪を被ってられないの！）

　それなのに、焦って引こうとするほどに、右手は彼女の恥ずかしい場所へと密着していった。電車の振動をダイレクトに伝え、無駄に刺激してしまう。

「そ、んなに……動かさない……で……」

　硝だけに辛うじて聞こえる、蚊の鳴くような声での懇願。耳をくすぐる切ない吐息で、背筋が痺れるようにゾクゾク震える。

（そんなの分かってるよっ。あたしだって好きでこんなことしてるわけじゃ……！）

　いきなり人生の瀬戸際に立たされて、泣きたいのは硝の方だ。

　そんな混乱の中、ふと、異様な感覚が指を包んだ。何だか、妙に右手が熱い。蒸すような暑さが、スカートの内側に籠っている。それに太腿も震え始めた。秘部は熱を孕んでいるのに、まるで凍えているかのように小刻みに。

(ど……どうしたの？　大丈夫!?)

恥ずかしい目に遭わせている張本人が、気遣いの言葉をかけても白々しいだけ。せめてもと思って表情で訴えかけるけど、少女はギュッと目蓋を閉じて「犯人」の顔を見ようともしなかった。

「あ……ふ、ふ……あ、いや…………ンッ」

少女の吐息の間隔が、急き立てられるように短くなっていく。切なげに揺らす首や震える下唇からは、彼女が羞恥以外の何かを感じているようにも見える。けれど、それを推測する余裕が硝にあるはずもない。

(早く……早く駅に着いてぇ……！)

すると、硝の訴えに応えるように到着を告げるアナウンスが車内に流れた。降りる準備で周囲の人がわずかに動く。今だと思った硝は、ここぞとばかりに素早く手を引いた。

でも、その判断は間違いだった。

密集が解消されるなら、急ぐ必要はなかったのだ。

それなのに焦ったせいで勢いがつきすぎて、少女の中心部を、さらに激しく擦り上げてしまった。

「――ッ!?」

彼女の頭が、声にならない悲鳴と共に仰け反った。伸び上がるように全身を強張らせたかと思うと、それまでとは比べものにならない力で硝の手を挟み込む。

「ン……ん、ん……んンッ」

ビクンビクンと細かな痙攣(けいれん)を繰り返す。すがるように硝の袖口を掴み、苦痛に唇を噛み締めて。でも、震える睫毛(まつげ)は、どこかうっとりしたようにも見える。

「ど、どうかした……きゃわぁっ⁉」

どう見ても正常でない彼女の反応に思わず声をかけたその時、列車が駅に滑り込んだ。ドアが開き、降りる人、乗る人、スペースを譲る人などが一斉に動き出す。慣れた人たちはスムーズだけど、不慣れな硝にはカオスな乱流。人波に押されるまま車外に出される。

「ちょ……待ってっ。あたし、ここじゃなくて……」

少女の腿から解放されたのはいいけれど、降りる予定ではない駅に放り出されてしまった。急いで戻ろうとした時、車内に残る黒いウサギ耳が目に飛び込んだ。躊躇(ちゅうちょ)で足が止まっている間に、淡々とドアが閉まる。

『発車します。危険なので黄色い線の内側までお下がりください』

駅員さんに言われるまでもなく、もうその車両に戻る気にはなれない。硝はふらふらと後ろに下がり、列車が走り去るのを呆然(ぼうぜん)と見送った。

第1章　好きで秘密を知ったわけじゃありません

春休みが明け、進級初日の教室に、クラスメイトが次々と登校してくる。

「おはよー」

「また同じクラスだねー」

女の子たちの身を包む制服は、鮮やかな新緑色のブレザー。といっても規定通りに着用しているのは半数程度。緩くて呑気な校風で、着こなしの自由が許されているからだ。少し着崩したくらいなら注意されることはないし、この学園の者だと認識できるなら、上着が制服でなくても構わない。

硝のように、上から下まで校則通りの子もいるけれど、それはむしろ稀な方。

教室全体が新鮮な空気に包まれる中、硝はひとり、平静を装いつつも、油断のない目で周囲を警戒していた。誰かが「春休み中の電車内でのこと」を話題にするんじゃないか、校内放送で職員室に呼び出されるんじゃないかと怯えながら。

あれは、硝にとっては事故。だけど相手の女の子からすれば、紛れもない痴漢行為だ。どれだけ言い訳をしたところで、絶対に許してもらえないだろう。

(もしあの娘が警察に相談してたら……。そういえば、防犯カメラがついてる電車もあるって聞いたような……。あの車両はどうだったっけ⁉)

時間が経つほどに不安は増すばかり。道を歩いていても、クラスの中にいても、誰もが硝を蔑んでいる妄想に駆られ、一瞬も気が休まる時がない。

（これが犯罪者の心理ってやつなの？）

もちろん、当日のオーディションは散々だった。予定外の駅で降ろされたため、慌ててタクシーを拾って会場へ急行。途中で渋滞に巻き込まれて、車中でも焦りっぱなし。ギリギリ遅刻は免れたものの、そんな状態でまともな芝居ができるはずがない。というより、ずっと痴漢の件が頭から離れず、どんな受け答えをしたのかさえ覚えていなかった。

結果は、当然ながら不合格。ただ、今の硝は、チャンスを逃したことよりも、痴漢行為で犯罪者扱いされることに、ひたすら戦々恐々としていた。

あの日から、約一週間。警察が訪ねてくる気配はない。だからといって大丈夫だと断言できる材料もない。いっそ自首してしまおうかとも思ったけれど、あの少女が届け出ていなかったら、ただの藪蛇。悩み抜いた挙句、新学期初日にいきなり休んだら変に勘繰られてしまうかもと、決死の覚悟で登校してきたのだ。

自らの手で平穏な生活を終わらせる勇気なんて、硝は持ち合わせていなかった。

「硝、おっはよ」

「うわぁ⁉　ひっ、え？　あの、えっと……ぅひゃい！」

後ろから声をかけられて、自分でも意味の分からない悲鳴を上げた。前のクラスからの友達である朋佳が、呆気に取られた顔で驚いている。

「どうしたの、硝。朝から怖い顔して。まとか、新しいクラスで緊張してるとか？」

「え？　えっと……まっさかぁ。急だったからびっくりしただけだよ」

どう見ても不自然なのだけど、朋佳は「それよりさ！」と身を乗り出した。硝の態度なんて二の次。よほど喋りたいことがあるらしく、見るからに顔がウズウズしている。

「ね、ね、聞いた？　聞いた!?　あの卯民束咲（うたみつかさ）さんが、同じクラスなんだって！」

「う、うたみ……さん？」

聞き覚えのない名前に、眉を寄せながら聞き返す。興奮気味だった朋佳は、信じられないものを見るように大きく目を開いた。

「知らないの!?　あんた芸能人なのに!?」

「ちょ……大きな声で言わないでよっ。そんなこと言えるほど仕事してないんだから」

硝が俳優活動をしているのを知っている人は、それなりにいる。今さら隠すほどではないのだけれど、ろくな経歴がないので、聞かれたらやっぱり恥ずかしい。

「そんなことより卯民さんのことだよっ！　ホントに『ウタウサギ』を知らないの？」

「う……うたうさぎ？」

また知らない言葉が出てきて、混乱に拍車をかける。

特に、硝の心は「ウサギ」という単語に過剰なまでの反応を示した。黒い菜が耳が脳裏にちらつき、胸の内が妙にざわつく。嫌な予感に冷や汗が流れ始める。ともかく朋佳に説明を求めようとしたら、彼女は廊下の方に視線を向けていた。

「噂をすればってやつだね。ほら、ウタウサギが来たよ」

よく分からないうちに、ご本人の登場となったらしい。教室の後ろ側の出入り口から、黒い人影が現れた。パーカーのフードを目深に被り、俯き加減にゆっくり歩いて。

「ウサちゃん、おはよー！」

扉付近にいた誰かが声をかける。黒パーカーの少女、卯民束咲は、のんびりとした動作でフードを外し、小首を傾げるような仕種で挨拶に応えた。

「うん、おはよぉ」

左右をひと房ずつリボンで束ねた、黒くて長い髪。それが絹のように繊細な輝きを放ちながら、さらりと流れる。物静かで、それでいて朗らかな微笑みは、無条件で人の目を惹きつける。人前に立つ仕事を目指す者なら、その生まれ持っての造作と才能に、嫉妬せずにはいられないだろう。

何ごともなければ、硝も普通に見惚れていたはず。でも、彼女の姿に愕然となった。いや、そんな生易しいものじゃない。胸を黒く塗りつぶすこれは、まさに絶望感。

（あ……あの娘だ……。あの電車の娘だ‼）

間違いない。見間違えるはずがない。長い黒髪、整った顔立ち、飴玉のように甘い声。何より、あんなウサ耳付き黒パーカーの娘が、近隣に何人もいるとは思えない。

まさかの同じ学園。どころか同じクラス。頑張って登校なんてするんじゃなかったと、取り返しのつかない後悔が濁流のように頭の中を駆け巡る。

束咲が脇を通り過ぎた。いよいよ最後と思ったら、教卓に置かれた座席表を見に行っただけ。しかし息を呑んで固まっているうちに、振り返った彼女と、今度こそ目が合った。

（バレた……。終わった……）

彼女が再び近づいてくる。その一歩一歩が、死刑宣告のように硝の耳に響く。

「おはよう。初めまして……だよね。私、卯民束咲。よろしくお願いします」

束咲は前の座席に座ると、それが癖なのか、小首を傾げる仕種で話しかけてきた。のんびりとした、アンニュイな喋り方。大人っぽい微笑みは色気があって、とても素直で、硝に対して何か含むところがあるようには見えない。

「う、うん。よろしく……」

穏やかな語り口に釣られ、挨拶を返す。でも名前は名乗れなかった。同じクラスだから隠しても意味ないのに、後ろめたさと猜疑心で、無意識に飲み込んでしまったのだ。

（ていうか、初めてまして？　あたしのこと覚えてないの？　それとも、人前では黙っていてあげるっていう温情？　そうでないなら……まさか、後で脅迫してくるつもり⁉）

優しそうな微笑みが、逆に怖い。口数の少ない硝を、緊張しているとでも思ったのだろう。束咲は軽く微笑んで、周りに集まってきた友達との会話に戻った。

女優をしている硝は、それなりに注目を浴びた。だけど、知名度のある仕事がなければ関心は続かない。まだ初日なのに、午後には話題になることさえ皆無になった。

（それに比べて、卯民さんはずいぶん人気があるみたい。羨ましいなぁ……って、違う違う。あたしの夢は役者の仕事であって、有名になることじゃないでしょっ！）

自分の実力不足を棚に上げて、他人の人気を妬むなんて浅ましい。反省の溜息を吐いていたら、いきなり朋佳にブレザーの襟を引っ張り上げられた。そして有無を言わさず廊下へと引きずり出される。

「ちょ、ちょょっ。何するのよっ⁉」

「硝がウタウサギのことを知らないっていうから教えてあげるのっ」

彼女はご立腹気味にイヤホンを硝の耳に突っ込むと、スマホの画面を見せてきた。

動画が再生される。白い無地の壁紙を背景に、バストショットの束咲の横顔が映った。

例のウサ耳フードを被って、スツール的なものに座っているような姿勢だ。何が始まるのかと、怪訝（けげん）な顔で朋佳の顔色を窺（うかが）う。彼女は「黙って見てなさい」と、穿（うが）つような勢いで何度も画面を指差した。

その意味を、硝はすぐに理解することになった。

イヤホンから流れてきたのは、ちょっと前に流行った、女性アイドルグループのバラード系の曲。いわゆる「歌ってみた」系の動画のようだ。

束咲は、淡々と歌っていた。盛り上げようと無闇に声を張り上げたり、強弱をつけたりとかしない。気だるげに、静かに、ごく普通の声量で。表情だって、ウサ耳フードと横を向いたままのせいで、よく見えない。それなのに、ゾクゾクと全身が痺れた。澄んだ歌声が胸を打ち、ここが学園の廊下なのも忘れて自然に涙が溢れてくる。

しかし、硝にとっての本当の衝撃は、その後に訪れた。

動画の最後、歌い終えた束咲がこちらを向く。そして、彼女の癖らしい首を傾げる仕種で、恥ずかしそうに、はにかんだ。

『……こんな感じでいいの？』

子供のように無垢な表情と甘い声。大人っぽい歌声とギャップがありすぎて、心臓が飛び出すほどに高鳴った。

（なに、これ……。この子……この子ってば……すっごく可愛いっ！）

歌は、もちろん言葉では言い尽くせないプロ並みの完成度。けれど、胸を貫くこの衝動はなんだろう。硝は言葉が出ずに、アワアワと唇を震わせて明佳を振り返った。

「そうでしょう、そうでしょう。誰だってそうなるの。わたしも最初に歌を聴いた時は、感動しすぎて部屋で叫んじゃったほどだもん」

まだ何も感想を言っていないのに、明佳が満足げ、というより自慢げに何度も頷く。

（そうじゃないの。歌はもちろん素敵だったけど、あたしが感動したのは……！）

伝わっていないのがもどかしくて、けれど盛り上がっている最中の彼女に水を差すのもはばかられ、あえて誤解されたままにしておいた。

（あたしって、いつもこんな感じだなぁ……）

説明下手なせいで、しばしば、本意が伝わらないまま終わってしまう。それで構わない

場合がほとんどだし、今だって、誤解されていた方がスムーズに話が進むだろう。

「でね、この一番初めの動画で、ウタウサギはいきなりバズったわけ。ほら見て。再生数が百万回超えてるでしょ？　少ないのだって五十万とかいってるんだから。去年の秋くらいから話題になって、夕方のニュースでも取り上げられたし、クイズ番組の問題になったことだってあるんだよ。本当に知らなかったの？」

「う、うん。ごめん……」

　さらに一気にまくし立てられ、悪いと思ってないのに謝ってしまった。それにしても、そんな有名人がこんな身近にいたなんて驚き。自分が仕事を得ることだけに夢中で、他の情報にまったく目が向いていなかった。

「ンもう。だからメジャーな女優さんになれないんだよ」

「いやそれ絶対に関係ないでしょ⁉」

「あるある。ほら、わたしが観たやつ全部教えてあげるから、チェックしてみて」

　硝の抗議もお構いなしで、彼女はスマホに動画のＵＲＬを送りつけてきた。

「まるで布教活動だね」

「同じ同じ。ファン活なんて、そんなもんでしょ」

　圧迫感に漏らした溜息も軽く流された。呆（あき）れつつも、自分に足りない図太さや強引さを持つ彼女が羨ましくもある。

　スマホを眺めながら教室に戻る。東咲は、まだ友人に囲まれていた。輪の中心にいて、とても楽しそうな様子。でも硝は、ふと違和感を覚えた。どこかは分からない。ただ、その優しそうな笑みが、顔に貼りついているだけのように、見えなくもなかった。

何ごともなく新学期の初日は終わった。でも本当は、それではいけなかった。硝には、やらなければいけないことがあったはずだから。

「卯民さんに謝れなかった……」

先日の痴漢行為を自白するのが、現在の硝に課せられた最大の責務。それなのに、束咲を避けるように教室をこっそり抜け出して、帰りの電車に飛び乗った。

急いで逃げたおかげか座席は半分以上も空いている。硝は、崩れるようにベンチシートに腰を下ろし、深い溜息を吐いた。

時間が経てば経つほど気まずくなるのは分かっている。それでも、面と向かって言い出しにくい理由があった。痴漢の最後に束咲の身体が見せた、強張りと痙攣。あの時は分からなかったけど、後で思い返してみて、はたと気がついた。

「あれって、やっぱり……アレ、だよね？」

もしかしたら、性的な絶頂だったのではないのかと。

実は、硝にはそういった経験がない。オナニーもしたことがなかった。とはいえ、年頃の女の子として、まったく知識がないわけじゃない。

が、その「ないわけじゃない」というのが、今回の件において質の悪いところだった。

あの反応はそういうことなのだと想像はできても、自信や確証を持てないでいたのだ。

「もし、あれがイッちゃってたんだとしたら……あたし、あの子を公衆の面前でとんでもなく恥ずかしい目に遭わせたわけで……。そんなのどうやって謝ればいいの⁉」

たとえ絶頂でなかったとしても、見ず知らずの女の子のスカートに手を突っ込んで秘部を触りまくった、その事実は変わらない。

（ちょっとお尻に触れたって程度なら、すいませんで済んだはずなのにぃ～）

どうしてこんなことになったんだろう。しかも、これから毎日クラスで顔を合わせなければならない。暗澹たる気持ちになって、抱えたバッグに顔を埋める。

「こういう時は、気分転換だ。あ、そうだ。朋佳の言ってた動画……って、だからこれは卯民さんのやつじゃんっ。悩みの種の人を眺めてどうすんのよっ」

スマホで再生し始めたものの、自分にツッコミを入れて即座に止める。でもそれと同時に、甲高い声が耳を貫いた。

「もしかしてウタウサギ⁉」

「うそうそ？　うわ、マジだぁ！」

スマホを覗き見されたのかと焦って顔を上げたら、すぐ脇の扉のところに、黒いウサ耳パーカーの少女が立っていた。映像ではなく、本人が同じ車両に乗っていたのだ。

あんなに素早く逃げたのに、まさか追いつかれていたとは思わなかった。

それはともかく、さっきの声の発生元も同じ場所。

きゃあきゃあと騒ぐ、他校の生徒らしい女の子たち三人に取り囲まれている。

（ウタウサギのファンの子……かな）

本人は、いきなり声をかけられて、さすがに驚いた様子を見せたけど。

「みんな動画見てくれてるんだ？　ありがと。でも、他の人に迷惑になるから、ちょっとだけ落ち着こ？」

ウインクひとつで「生ウタウサギ」に興奮する子たちを黙らせた。その成り行きを眺めながら、硝は目を丸くした。確かに束咲は魅力的で有名人なのだろうけど、初対面の子を簡単に従わせるカリスマ性まで備えていたなんて。

「写真？　いいよぉ。一緒に撮ろ。でもＳＮＳにアップはゴメンね。私、一応は一般人だから。友達に見せて自慢するだけなら、いくらでもＯＫだよ」

ファンの要求を、セーブしつつ満たしてあげる。その冷静なコントロール術にも驚嘆せずにいられない。硝の方こそ、一応ではなく芸能人なのに、放つオーラがまるで違う。

女の子たちは、次の駅で降りていった。名残惜しそうなファンに、束咲はガラス越しに手を振り続ける。

（相手に不満を抱かせない対応とか、手を抜かないサービス精神とか……。この人、プロ意識高すぎじゃない⁉）

役者のはしくれとして、素人に完全敗北した感覚。打ちひしがれて、彼女の方を見るのもはばかられる。

でも、電車が再び動き出した途端……異変が訪れた。

「はぁ～。また格好つけちゃったよぉ。もぉやだぁ……。私ったら恥ずかしいぃぃ……」

硝の存在に気づいているのかいないのか、隣に腰を下ろした束咲が、両手で顔を覆って嘆き始めたのだ。おまけに、イヤイヤをするように顔を左右に振って悶えている。

（……は？　え？）

硝は、何が起きているのか分からず、何度も目をしばたたかせた。耳の染まり方で、激しく赤面しているであろうことは容易に想像がつく。か細い声とはいえ、場所も忘れて独り言まで漏らしているところを見ると、どうやら、硝どころか他の乗客の存在すら完全に失念している様子。

それはそれとして、この狼狽ぶりは何だろう。クラスメイトやファンの前で堂々と振る舞っていた人とは思えない。ただ、似たような状態は、硝にも覚えがあった。何か失敗をやらかして、後悔や羞恥に苛まれている時のそれ。

でも、さっきの彼女に苦悶するほどの言動があっただろうか。

「……卯民さん、大丈夫？」

声をかけていいものか迷ったけれど、これ以上放置したら悪目立ちして可哀想だ。お悩みのところ申し訳ないと思いつつ、我に返ってもらうことにした。

「…………はっ⁉」

束咲が弾かれるように顔を上げた。急に名前を呼ばれて混乱したのか、キョロキョロと辺りを見渡し、それからやっと硝の存在を認識した。

「み……南海さん!?　いつからそこに……」

「ずっといたよ。気がつかなかったの？」

「えっ？　えっと……。ま……まぁ？　ホントは分かってたし？」

苦笑いする硝に、彼女は何ごともなかったかのように悠然と胸を張り、そして涼しげな流し目で、見え見えの嘘を吐いた。おまけに、髪を掻き上げ脚を組み、胸の下でも腕を組んで、まるで大女優のような振る舞い。

変な強がり方をするなと思い、無言で顔を見詰め続けたら、余裕の態度は一瞬で消え失せ、赤い顔でぷるぷる震え始めた。

「…………すみません」

そしてウサ耳フードを引っ張って顔を隠し、聞き取るのもやっとの声で囁(ささや)いた。

「さっきの……見てました？　見てましたよね。うあぁぁぁぁ……恥ずかしいぃぃ……」

伸ばしていた背中を丸め、組んだ脚もそそくさと戻して行儀よく揃える。項垂(うなだ)れた彼女から、人気者オーラが急激に失せていく。

「ほ……本当にごめんなさい。わ。私なんかが有名人気取りなんて生意気ですよね。調子に乗りすぎですよね？　この嘘つきめって、そう思いますよね？」

「べ、別になんとも思ってないよ!?　でも、なんていうか……」

急な弱気発言の連続に、硝は事態を飲み込めない。ウインクひとつでファンを従わせたカリスマが嘘のように、内気な女の子になっている。喋り方もゆっくりアンニュイ系だったのが、焦りまくって凄い早口。硝の怪訝な視線から逃れようと、両手でフードを引っ張って懸命に顔を隠す様子なんて、まるで別人格に見えるほど。

（だとすると……）

硝の頭に、ひとつの答えが浮かぶ。それを確かめる前に、東咲の方から自白してきた。

「私……本当は人と喋るの苦手なんです。たけど、有名になったんだから世間のイメージを壊さないように格好よくしていろって、友達に言われて……」

やっぱり、ウタウサギとしての彼女は「演技」だったのだ。

「知らない子と話すのだって怖いのに……。なんでみんなあんなに平気なのぉ？」

「いやその……卯民さんだって堂々としてたじゃない。あたしは……台本があればカメラの前でも平気だけど、素では無理。だから、卯民さんは凄いと思う」

突然で予想外の展開に、とにかく冷や汗混じりにフォローする。

それにしてもと、呆気に取られる。経緯はよく分からないけれど、全国的な有名人になったのは彼女の意思によるものではない、というのは理解できた。

（嫌がりながらやって、それで人を熱狂させられるくらい騙せるの？　大した演技力ね。卯民さんこそ女優になればいいんだよ）

ただ、東咲の事情を理解したと同時に、硝の中の捻くれた部分が顔を覗かせた。自分の演技はちっとも評価されないのに、彼女ときたら、遊びでやったことで顔も名前も世間に知れ渡った。羨ましさと妬ましさが、胸の奥でザワザワ騒ぎ始めようとする。

「そんなに嫌なら、本当の自分を出していったら？　きっと今より好かれると思……」

「そんなのダメっ。みんなをガッカリさせちゃう」

口から溢れた皮肉交じりの提案を、束咲は食い気味に拒んだ。懸命に見開いた瞳と、固く結ばれた唇。そこに現れる彼女の純粋さが、嫉妬に染まりかけた硝の心に痛いほど突き刺さる。

（あたし、嫌な子だな。ヤキモチで嫌味なんて）

それに比べ、束咲はなんて強いのだろう。人と話すのは苦手だけど、期待を裏切るのはもっと嫌。そんな責任感の強さに胸を打たれ、浅はかな自分を心の中で反省した。

「……分かった。でも、気を張りすぎる必要はないよ。無理をしてまで頑張ることじゃないと思うから。さっき自分でも言ってたでしょ。卯民さんは一般人だって」

今度は皮肉ではなく、できるだけ彼女のことを思って言葉を選ぶ。自分が売れっ子で、注目される苦労を知っていれば、もっとマシなアドバイスができたのだろうか。当たり障りのない一般論しか言えなくて、もどかしさに歯噛みする。

「でも……うん……そう……だよね。南海さんの言う通り……かもしれない」

最初は受け入れかねていた束咲だったけど、考えて、硝の言葉を徐々に飲み込み、納得したようだった。

「無理だと感じそうになったら、あたしに言って。相談に乗るから」

「うん。ありがとう南海さん」

か細い声で、でもしっかりと、東咲が微笑みかけてきた。拙い助言ではあったけど、届いたことに胸を撫で下ろす。

(それにしても、まさか卯民さんがこんなに恥ずかしがりだったなんて)

熱心なウタウサギ信者さえ気づいていないであろう秘密を、知ったばかりの硝が掴んでしまったのは、なんとも皮肉な感じ。

互いに困惑含みの顔で微笑み合っていたら、電車が次の駅に滑り込んでいた。

「あ！　私、ここだから。じゃあね南海さん。また明日！」

東咲は慌てて立ち上がり、手を振りながら降車する。硝も腰を浮かせ応えようとする。

その手は、途中で止まった。去り際の彼女に目を疑って、またも思考が凍りつく。

電車から駆け下りた一瞬、東咲のスカートが翻る。その下に、布地らしきものは存在しなかった。つるんと丸い生のお尻だけが目に飛び込んできた――ような気がした。

(……………………へ？)

そろそろ日付が変わる時刻。家の二階でベッドにTシャツ一枚で寝ころんだ硝は、何を優先して考えるべきか混乱していた。

「次のお仕事ゲットに向けて演技レッスンの宿題をして……いやでも、人として最初にするべきは卯民さんへの謝罪じゃない？　今日は変な話の流れになって、全然できなかったし。あぁでもでも、動画は観たかって朋佳に聞かれそうだし……」

束咲の連絡先を知らないので、謝罪は明日じゃないとできない。動画なんて、寝る前に二本か三本を適当に鑑賞すればいい。優先順位なんて自ずと決まっている。やるべきことを順番にこなしていけばいいだけ。

それなのに、少し考えようとするだけで衝撃的な映像がフラッシュバックした。白くて丸くて可愛らしい女の子の生尻が、頭の中を占領する。

「あれって、ノーパン？　いやいや、そんなバカなことあるはずないでしょっ」

自分の頭をぽかぽか叩いた。あんなの見間違いに決まっている。ファッションが独特な束咲のことだから、きっと紐パンツでも穿（は）いていたんだろう。

「……そんな風には見えなかったな」

目を閉じ、そのシーンを思い返す。あまりに一瞬で、しかも驚きが先に立って、正確に思い出すことができない。

すると、まるでその代わりにと言いたげに、別の不埒（ふちら）な記憶が蘇ってきた。忘れようにも忘れられない。指先に残る、女の子の秘密の場所の感触。柔らかくて、温かくて、そして妖（あや）しい熱を孕む湿り気。

「――はぁ」

無意識に、吐息が漏れた。目蓋の裏に、あの時の少女の顔が映し出される。泣き出しそうに眉を下げて、でも、怒りでも困惑でもない、別の感情を含んだ複雑な表情。

硝は、両手足をベッドに放り出した。ブラをしていない胸の先端が、Tシャツを突き上げていくのを感じる。数年前から身体に訪れるようになった、全身を包む、熱くて淫靡(いんび)なこの感覚。脚の間がムズムズして、無性に堪えきれなくなる。

その正体が分からないほど初心(うぶ)じゃない。処理の仕方だって知っている。だけど女優を目指した時から、自分には存在しない感覚ということにしていた。人目に晒される仕事をするからには、後ろめたい行為は慎むべきと決めたのだ。

「あ……う……うんっ。ふ、あ……はぁ……」

いつもなら、急いで寝てしまう。一晩経てば、いやらしい熱は消えているから。だから今夜もそうするつもりで、布団を頭から被った。それなのに、指先が、あの感触の記憶を鮮明に再現する。滑らかな内腿の肌、温かい下着、そして、どこまでも飲み込まれていきそうな秘密の溝。思い出すごとに胸が切なくなり、腰を左右に捩(ね)じって身悶(みもだ)える。

「駄目だよ、忘れなくちゃ。あの娘に、悪い……」

束咲を再び辱めるようなものだと、自分を叱る。それにしても感覚がリアルだ。まるで本当に触れているかのように、ゾクゾクとした心地よさが脚の間から突き上げる。

「ん……ん？　……………あっ!?」

妄想にしては変だなと目を開き、びっくりした。まるで、ではなく、本当に触っていたのだ。左手がTシャツの裾を捲(まく)り上げ、右手中指が下着の中心を上下に撫でている。

「バ……ッ、バカバカっ！　やめろってば！」

あんなに自重していたオナニーを、無意識に始めていたなんて。慌てて中断しようとしたら、指が抵抗した。下着から離れることに苦痛を覚え、力ずくで剥がなければならなかった。自分の身体なのに、まるで別の意思が働いているみたいだ。

「うぐ、うぐっ……ふぅ……」

やっとの思いで諦めさせたけど、淫靡な脈動は治まらない。むしろ大きくなる一方で、中断したのを恨まれている気分。

「………ちょっと空気でも入れ替えて落ち着こう」

新学期初日なんて、ただでさえ浮つきがちなのに、色々と事件が起きすぎだ。深呼吸でもして気分を変えた方がいいだろう。

硝の両親は毎朝早い出勤で、この時間にはもう就寝中。なので、音を立てないよう静かに窓を開ける。周囲は、深夜の住宅街と車の通りも少ない道路。そして地面を静かに照らす街灯のみの、ほとんど音のない世界。春先のまだ肌寒い空気を胸に吸い込み、冷静さを取り戻そうとする。

が、それは叶わなかった。

日常には絶対にありえないものが、不意打ちで目に飛び込んできたのだ。

「………へ？」

ビー玉のような目で、ゆっくりと回れ右。室内のあちこちを、停止した頭で眺め回し、そしてさらに緩慢な動きで半回転して、再び道路へと視線を戻す。

「……いない」

目を離したわずかな時間で「それ」は消えていた。ひとまず、安堵の溜息を吐く。

最初は、この世ならざる存在がいたのかと思った。それはそれでゾッとするけど、考え方次第では、そっちの方がまだ納得できたかもしれない。

だって、何しろ、家の前で街灯に照らされていたのは、一糸纏わぬ全裸の人間。それも、女性だったのだ。長い髪をなびかせ、形のいい乳房を揺らしながら、心なしか乳首を勃たせて、まるでそうするのが普通であるかのように、平然と歩いていた。

そんな人が近所を闊歩しているだけでも衝撃を受けるには十分すぎるけど。

「あれって……卯民さん……じゃ、なかった？」


翌朝の東咲は、前日と同じく格好よくて気さくな「ウタウサギ」を演じていた。本当の姿を見せるのは、まだ当面は控えておくつもりみたいだ。周囲のイメージに応えるというのが彼女の決断なら、硝の干渉すべきことじゃない。

（それより確認したいことがあるんだけど……。でも「全裸で歩いていましたかー？」なんて、正面から聞いちゃって大丈夫？）

あれが東咲でないなら「家の前に変な人がいてさー」なんて感じで笑い飛ばせる。でも万が一、当人だったら。痴漢だけでも胸が痛いのに、恥ずかしがり屋さんの本性を目の当たりにし、あまつさえ、裸まで目撃したとなったら。

（あたし、卯民さんに恥を掻かせるだけの極悪人になっちゃうじゃない！）

そんなこと望んでいないのに、どうしてこんな展開にばかりなってしまうんだろう。

思い悩む硝の背中を、投稿してきた朋佳が叩いた。

「硝、おっはよぉ。教えた動画、ちゃんと見たかぁ？」

「えっと、その……。次のお仕事用の準備があって、まだなんだ。ごめんね」

「そうなんだ。がんばってね」

歌動画の一本も見られない急ぎの仕事なんてない。思いもしない事態の連続に動揺していただけ。咄嗟に吐いた嘘を信じた友達に、申し訳ない気持ちになる。

ふと、友人たちとお喋りしている束咲と目が合った。彼女は素早くさりげなく、硝に向けて会釈してきた。

（昨日の電車での件を黙っていたお礼……で、いいんだよね？）

もしかして「裸のことは秘密ね」と釘を刺したのではないだろうか。言葉のない仕種だけでは、彼女の真意に自信が持てない。

毎夜、同じ時間に家の前の道路を窺った。でも裸の女性は姿を見せず、まる一週間。もう現れないのかなと思った、その矢先だった。

「……来た！」

カーテンの隙間から、全裸女性の歩く姿がはっきり見えた。寝ている親を起こさないように音もなく玄関を出て、女性の後を追った。

「こんな時間に出歩いてたら、お巡りさんに補導されちゃうかな。ま、その時は裸の人が先に捕まるだろうけど」

ぽつりぽつりと街灯が照らす薄暗い道を、全裸女性は弾むような足取りで歩いていく。足元を見ると、一応、スニーカーは履いているようだ。その後ろ姿からは、警戒心など感じない。むしろ、深夜の散歩が楽しくて仕方ないという感じ。

(あれって、本当に卯民さん？)

なんにせよ、確証が欲しかった。最初に見た時は驚きが先に立って、ちゃんと顔を確認できなかったから。髪型となんとなくの印象で、そんな風に見えただけ。

(卯民さん、いつもウサ耳パーカー着込んでるから、体型もよく分かんないんだよなぁ)

目の前の女性が見ず知らずの人と分かれば、それで十分。今後一切関知しないので、ストリーキングでも何でも満喫してくれればいい。束咲だった場合のことは、考えないようにした。とにかく余計な悩みをひとつでも減らしたい一心で、後をつけ続ける。

(にしても、いいお尻。……じゃなくて、一回でいいから振り返って顔を見せてよ)

小気味よく動く小振りなヒップに、ついつい目を引かれてしまう。それに、尾行が楽しくなってきた。深夜の非日常感がそうさせるのだろうか。気持ちが浮ついて、電柱や自販機に身を隠す時、ついつい「ササッ」と擬音つきでポーズを取ってしまう。

「これじゃ探偵っていうより忍者だな」

本来の目的を忘れそうになるのに苦笑しつつ、十数分も経っただろうか。裸女は不意に足を止め、周囲の様子を窺いつつ、児童公園に入っていった。

「うわ、懐かしい。子供の頃は、よく通ってたっけ」

小学校のグラウンドと同じくらいの広さで、中央に鎮座して四方に足を伸ばす蛸形滑り台がランドマーク。みんな「タコさん公園」なんて呼んでいた。学年が上がるにつれ足は遠のき、卒業後は通学路が逆方向になったので、目にしたのも久しぶり。

他の遊具も、大きく変わった様子はない。背の低い塀から中を覗いて懐かしさに浸っていたら、例の女性がいないのに気がついた。

「しまった……！」

次のチャンスがあるとは限らない。ここで見失うわけにはいかなかった。まだ敷地内に潜んでいる可能性が高いので、焦りつつも、物音を立てないよう細心の注意で探索する。

――んっ。

突然、無人の公園に、小さな――意識して耳をそばだてないと聞こえないほど小さな、女性の声が響いた。明らかに近くからだけど、姿はない。だとすれば遊具の中だ。大人が隠れられるものは限られている。

そろそろと、有力候補のひとつであるタコさん滑り台を覗き込むが、無人。

「ということは、土管山か……」

古タイヤを何層も重ねた小山に土を盛り、麓を土管のトンネルで貫いている、もうひとつの人気遊具だ。振り返り、そちらを確認しようとしたら。

──あンっ。

密やかな声が、再び夜の空気を震わせた。その甘く切ない音色が耳に届いた瞬間、硝の身体もゾクゾク痺れた。体温も上昇し、殊に下着の内側が熱く疼く。その声がどんな種類のものなのか、頭より先に身体の方が察してしまったのだ。

(いやいや、ありえないでしょう。そんな馬鹿なこと、こんなところで……)

浮かびかけた想像を打ち消し、声の発生源と思われる場所へ忍び寄る。想像通りのことが行われているなら、見てはいけないとも思う。真実を知るためというより好奇心が先に立ち、躊躇しながらも、生唾を飲み込んで、ゆっくりと土管の中を覗き込む。

「──!?」

息を呑んだ。まるで自分だけ時間が止まったように動けなくなる。

そこにあったのは、ひとりの少女の痴態。彼女は土管に寄りかかり、背中を丸めて喘いでいた。明かりがなくても何をしているのか分かる。両手が股間に差し込まれ、しきりに指を動かしていたのだから。

「あん……。んあ……あ、はぁぁん……!」

瞬きもせず凝視しても、目の前の出来事が頭に入ってこない。真夜中とはいえ、こんな公園で全裸の女の子がオナニーしているのを、どうして現実だと思えるだろう。

「ん、あ……気持ちいい……。もっと、もっと強く……ウンッ」

少女の声が甲高く裏返った。指の動きも速度を増す。狭い空間の中で、脚が伸び縮みを繰り返す。経験のない硝でも、彼女の昂りが手に取るように分かる。

「あ……ふぁッ。もうちょっと……もうちょっと……ッ！」

長い髪を乱して少女が左右に頭を振る。その動きで互いの目が合い、二人の声も動きもピタリと止まった。彼女は自慰に、硝は覗きに夢中になりすぎて、見つかった時のことなんて頭から完全に飛んでいたのだ。

「………………きゃッ」

悲鳴を上げられそうになり、硝は今までの人生で一番早い動きで土管に飛び込み、彼女の口を塞いだ。十数センチの距離で見詰め合い、互いに相手が誰なのかを認識する。

「卯民さん……」

「……み、みみみ……南海さんっ⁉」

硝は、予想していたから驚きは小さい。しかし東咲は驚愕に目を剥いた。押さえた掌の下で、唇が狼狽に激しく震えている。

「み、南海さん……どうしてここに……」

「それはこっちのセリフっ。卯民さんこそ、こんなところで何やってるの⁉」

怪しい人の正体が知っている人であった安堵と、やっぱり東咲だったことへの落胆が入り混じり、どうしても口調が厳しくなる。

「えーっと……それは……ねぇ？」

「ねぇ、じゃなくてっ。……どうしてこんな……危ないよ？」

徐々に硝も冷静さを取り戻し、今度は意識して穏やかに尋ねた。本気で心配しているのを束咲も感じ取ったのか、小さく「うん……」と頷いた。

落ち着いて話ができそうな空気になったので、彼女の隣に腰を下ろした。円柱形という空間的に、自ずと膝を抱えた体育座りに。彼女も同じ姿勢だけど、より足を引きつけて、意識的に胸を隠している。

（……他の女の子の生おっぱい、こんな近くで見たことないな）

同性として、乳房の形や先端部の色が気になって、つい視線を向けてしまう。とはいえさすがに失礼なので、懸命に彼女の横顔へ視線を戻した。

「で？　どうして裸なんかで歩いているの？」

オナニーには言及しない。単純に口にするのが恥ずかしいからだし、それも含めての話なのは分かるはず。いずれにしても公言しづらい趣味だろうし、無理に口を割らせるのは控え、話す気になってくれるのを根気よく待つ。

そうはいっても、時間には限りがある。親が起きる前に家に戻らなくては。それは束咲も同様のはずで、ましてや彼女は素っ裸。できれば早くして欲しいのが本音だ。

束咲は、躊躇して土管の中のあちこちに視線を巡らせた。しかし、じっと見詰められるプレッシャーに負けたのか、チラチラと硝の顔色を窺いながら、呟くように話し始めた。

「まあ、その……元からその気はあったんだけど……。私……ね、部屋では下着とか裸で過ごしてることが多いの」

「あぁ……。うん、それは分からなくもないかな。自分の部屋ではできるだけ楽な格好でいたいっていうのは、あたしにもあるよ」

もちろん一般論の範疇であって、部屋で裸はない。だけど彼女の口をより滑らかにするために同意しておく。それに、おおよそは動機の見当がついた気がした。

（この子、いわゆる露出癖ってやつなのね）

実際、その通りだった。彼女が言うには、裸で過ごす趣味がエスカレートして自室では物足りなくなり、家の中をうろつき、そしてさらなる刺激を求め、ついには屋外へと飛び出してしまったらしい。

「散歩コースはいくつかあるけど、この辺って、最近には珍しく防犯カメラがなくて。で、なんたってこの公園が！　……その、えっと、いたすのに丁度よくて……ね？」

勢い余ってオナニーのことまで言いそうになった束咲は、立てた人差し指を力なく折り曲げて、ごにょごにょと言葉を濁した。

（まぁ、人の趣味をとやかく言うつもりないけどさ）

さすがにもうやめた方がいい。釘を刺しておかないと、明日から安心できない。

「にしたってさ、女の子が裸で……裸じゃなくても、夜中に散歩なんて、さすがに危ないよ。その……そういうことするなら、外でなくたっていいでしょ。どうしてなの？」

単に注意したかっただけなのに、こんな時に口下手が発動し、流れで理由を尋ねる形になってしまった。というか、むしろ聞き方の方が問題だった。つい自白を促すような強めの口調になってしまい、束咲が困ったように視線を逸らす。

「あ、言いたくないなら別に……」

慌てて取り繕おうとした。けれど、立ち入ったことを尋ねた罰なのか。詰問に追い詰められ、ためらいながら出てきた彼女の言葉に、硝は、胸に鉛玉を撃ち込まれたような衝撃を食らう羽目になった。

「実は……。私、この前……電車の中で痴漢に遭っちゃって……」

「ち……痴漢？」

「そう！　私、初めてだったからすごくショックで……」

触られた時の恐怖でも思い出しているのか、自らの腕をさする彼女の、いかにも怯えた表情が、さらに硝を混乱に陥れた。

(どうして今になってその話を⁉　裸を見た仕返し？　それとも口止めのつもりなの⁉)

痴漢した張本人なのだから文句を言える立場じゃないのに、本能的に身を守ろうとして身構えてしまう。ところが彼女の言い分は、予想していたものとまるで違っていた。

「ショックではあったし、もちろん怖かったんだけど……。その犯人さんが女の子だったから……なのかな。どういうわけか……その……。気持ちよく、なっちゃったの」

「そんなわけないでしょう！」

硝は思わず声を張り上げ、彼女の言葉を遮った。

「あたしも一度だけお尻を触られたことあるけど、気持ちよくなるとか絶対にない！　あんなの、ただただ怖いとしか思わなかったよ!?　怒る余裕もなかったんだから！」

　ましてや、快感を覚えるなんて絶対にありえない。自分が同じ罪を犯した罪悪感も手伝って、むきになって否定する。

「しーっ！　南海さん、声が大きいっ」

　束咲に注意され、慌てて両手で口を覆う。激昂するあまり、彼女が裸であることを失念していた。

「……南海さんの言う通りだと思うよ。私だって、自分で変だと思うもん。でも、なっちゃったんだから仕方ないじゃない」

「それは、まぁ……そうかもしれないけど……」

　束咲が拗ねたように唇を尖らせる。確かに、あの時の彼女は、硝の日にも絶頂したように見えた。他人がいくら否定しようと、事実ならば覆せない。

「勘違いしないでね、南海さん。触られたこと自体は怖かったんだから。ただ、人が大勢いる中でイッちゃった時の感じ方が、異常だったの。すごかったの！　そうしたら、それからは外じゃないと感じなくなって、もう家の中じゃ物足りないのっ！」

　その時の絶頂感覚を思い出したのか、束咲がだんだんエキサイトしてきた。声が上擦り早口になって、恥ずかしいことを口走っているのも気づかない。唇は緩み頬を紅潮させ、うっとりと潤んだ瞳は、どこか遠くに視線を飛ばす。我を忘れた様子の少女に、硝は唖然となった。もちろん他人の趣味に干渉するつもりはない。ないのだけど。

（つまり、卯民さんが裸散歩や野外オナニーを始めたのって……あたしのせい⁉）

クラっと目眩を起こした。正面の壁に手を突かないと意識を保てない。

自分の痴漢が、彼女の露出癖をエスカレートさせた。危険な遊びをさせる原因が自分にあった。そんな事実、信じられない。信じられるわけがない。

しかし硝が認めようと認めまいと、束咲にきっかけを与えてしまったのは間違いない。とんでもない重さの責任感が、頭に肩に背中にと容赦なくのし掛かる。

（あたしが悪いの？　そりゃ痴漢はしちゃったけど、わざとじゃないよ⁉　それに卯民さんは元から裸でいるのが好きだったんでしょ？　放っておいてもそのうち外に出たんじゃない？　いやいや待って、ホントにそう⁉）

自問自答と言い訳が、責任感と自己保身が、頭の中で拮抗し、空回りする。この事態にどう向き合うべきかひとつも分からず、思考が混沌となる。

「………南海さん、聞いてる？」

束咲が、心配そうに顔を覗き込んできた。吊り目なのに、小動物のように穏やかな眼差しが、複雑に絡まった硝の思考を優しく解いていく。

（……そうだよ。知らん顔するなんて、無責任すぎる。卯民さんの露出癖があたしのせいだっていうなら、あたしが直してあげなくちゃ！）

決意が静かに固まっていく。使命感といってもいい。こういった癖を矯正するのは簡単じゃないだろう。かといって悠長に時間をかけてはいられない。どうすれば効果的だろうと、硝は顎に手を当て、真剣に思案を巡らせた。

（そうだ。この娘、それなりに顔が知れ渡ってるんだから、まずはそこを自覚させよう。あたしが言えたことじゃないけど、少しきつめに釘を刺しておかなくちゃ）

可哀想だけど彼女のためだ。叱りつけるくらいの覚悟を決め、改めて束咲に向き直る。ところが次の瞬間には、硝の頭から言うべきことが頭から飛んで行った。彼女の見開かれた瞳から、大粒の涙がボロボロ零れている。

「な……何で泣いてるの⁉」

「だって、だって……。南海さん返事してくれないし……。何か急に怖い顔するし……。もしかして……怒ってる？　このこと……みんなに言いふらすつもりなの？」

肩を震わせてしゃくり上げ、今にも大声を上げてしまいそうだ。

「ちょちょ、ちょっと待って！　怒ってないから！　言いふらしたりもしないから！」

慌ててなだめると、束咲は「本当？」と不安げに首を傾げた。ちゃんと話は聞いていたのに、考え事に没頭しすぎて無視したようになってしまった。

（ていうか……知られるのが嫌なら、こんな趣味やめなさいよ）

喉まで出かかったそんな言葉を必死に飲み込む。たとえ全裸でなくても、真夜中の公園にいるだけで十分に危険。万が一にも、泣き声なんて上げられるわけにはいかない。

（そもそも、あなたが裸でなけりゃ、こんな場所に来ることもなかったんだけど……）

追跡したのは硝自身。自ら危険に飛び込んだ分の責任まで束咲に押しつけるのは、さすがに身勝手すぎる。混乱で気が立ち始める自分に、冷静になれと言い聞かせる。

「とにかく大丈夫だから。誰にも言ったりしないから心配しないで。今日はもう帰ろう。服は？　なんなら、あたしのパーカー貸してあげるけど……」

束咲は首を振り、土管の外に身体を乗り出すと、大きめの黒いリュックを持ち上げた。中から、綺麗にたたまれた衣服を取り出す。聞けば、隣駅から普通に着衣で歩いて来て、この公園で脱ぐとのこと。子供の頃に遊んだ場所が、全裸散歩の拠点にされていたなんて思いもしなかった。狭い土管の中、彼女は苦もなく服を身に着けていく。器用というよりは手慣れた感じ。散歩の頻度が窺い知れる。

「それじゃ、また明日……」

「待って、南海さん」

叱ってでも、という目論見が外れ、項垂れながら土管を這い出ようとした硝を、束咲の声が引き止めた。

「あの……本当に黙っていてくれるんだよね？」

不安げな顔で念押ししてくる彼女に、硝は黙って頷くだけ。気持ちは分かるけど、この場では口約束以外に手段がない。

「指切り」

すると、せめてもと思ったのか、束咲は小指を差し出し呟いた。恥ずかしそうに、上目遣いで。大人っぽい容貌と子供っぽい仕種とのギャップに、つい噴き出しそうになる。

しかし、彼女は左手をキュッと握り締め、心拍数を抑えようとするように胸へ押し当てている。硝は微笑みながら頷いて、小指を絡ませた。

「ゆびきりげんまん。ウソついたら針千本のーますっ」

これだって本質的には口約束と同じ。それでも、彼女の目は真剣そのもの。だから硝も、大真面目に、誓いに応えることにした。


部屋に戻り、大の字でベッドに身体を投げ出す。かつてない疲労感でグッタリだ。ちょっと近所まで散策に出ただけなのに、ずいぶんと神経を擦り減らした。

「はぁ……。また、あの娘の秘密を知っちゃった……。好きで探ってるわけでも頼んでるわけでもないのにっ。もぉぉぉっ」

こんなことを繰り返していたら、そのうち絶対に嫌われる。それに何より、彼女の全裸散歩の原因が自分にあったのが、あまりにも衝撃的すぎた。

「痴漢がそんなことになるなんて思わないよっ。いや痴漢じゃないけどっ」

自分の知らないところで、罪に罪を重ねていたなんて。誰にも言い訳できない苦悩を、顔に押し当てた枕に吐き出す。でもスッキリするどころか、くぐもった声に苛立ち（いらだ）を逆撫でされて、手足をジタバタ暴れさせる。

「だいたいっ！　何であたしにそんな話を聞かせるのよっ。勝手にひとりで楽しんでればいいじゃない！」

　自分から尋ねたことを忘れて、束咲に責任転嫁。けれどその叫びが極めて大事なことを気づかせて、弾かれたようにガバッと身体を起こす。

「もしかして……卯民さん、痴漢の犯人があたしだって気づいてた？」

　口調や表情からは、そんな様子は見られなかった。でもあの時は向かい合っていたし、顔を見られていて不思議はない。ただ、硝も相手が束咲だと分かったのはウサ耳パーカーがあったから。被害者の彼女に「犯人」を記憶する余裕があっただろうか。

「だとすると、あたしを信用して秘密を明かした？　でも、知り合ってすぐの相手にそんなこととする？　ああもう分かんない‼」

　その場の勢いに流されて、確認を思いつきもしなかった。どうしてこんなに会話が下手なのかと、自分の間抜けさが恨めしくなる。

「改めて蒸し返すのも変だし……。明日、どんな顔をして会えばいいの？」

　悩みが増えてムシャクシャして、抱え締めた枕に指を食い込ませる。

　ふと、その感触が、束咲の乳房を連想させた。実際に触ったわけではないし、常に半分隠されていたから全貌は分からない。そもそも自分の胸を考えれば、枕なんかと全然似ていない。それでも妄想力を働かせ、あの白くて丸い膨らみの柔らかさに変換していく。

「卯民さんの肌、綺麗だったな……。美人って、やっぱ裸を見せたくなるもんなのかな」

　役者を続けていれば、いずれは硝も裸を晒す仕事がくるかもしれない。今はまだ想像できないけれど。それよりも、彼女の素肌を思い出したことで、疑問が再び頭をもたげた。

「……裸って、そんなに気持ちいいの？」

日常生活の中でも、入浴や着替えで何もつけない場面は普通にある。その時だって別に何も感じない。東咲が力説するような解放感なんて、本当にあるのだろうか。

「一度……試してみようかな。やめさせるには、あの娘の言うことも理解してあげないと説得力ない……よね？」

尋ねたところで、もちろん誰も答えはくれない。本当に知る必要があるのかも分からない。何も確信がないなら、なおさら自分で試してみるしかないだろう。

まずは、パジャマ代わりのTシャツ。続いてショートパンツを脱ぐ。ブラとパンツだけの下着姿なんて、毎日の着替えでなる格好。未知の領域はここからだ。

背中に手を回し、ブラのホックを外す。すっかり慣れた動作と感覚。それなのに、鼓動がひとつ、小さいながら跳(は)ね上がった。さらに、カップが乳房から離れた瞬間、言い知れない緊張が全身を強張らせる。

「何だろう……。変な感じ……」

正体不明の不安感に戸惑いながら、パンツに手をかけた。寝ころび、お尻を浮かせ、揃えた脚を曲げ伸ばししながら布切れを抜き去る。

「はぁぁぁ……」

文字通りの一糸纏わぬ姿。ベッドに横たわり、目を閉じて、静かに長く、息を吐く。

自分の部屋だ。誰も見ていないのは分かっている。それなのに、どうしてなのか、身体が竦む。こんなにも裸でいることを意識したことはなかった。まるで身を守る盾が失われたように、心許なくて心細い。

「これで外に？　絶対に無理でしょ」

自室でさえこうなのに、平然と出歩く束咲はどうかしている。結論は出た。とっとと服を着て寝てしまおう。

そう思ったけれど、硝は動かなかった。少し興奮しているんだろうか。深呼吸の音が、静かな部屋を満たしていく。一定のリズムを刻むそれを聞いているうちに、意識がぼんやりしてきた。眠いわけじゃない。心地よく思考が鈍っていく。

「は、あ……んっ」

吐息に、切なげな音色が混じる。自分の声に背筋が反応し、ピリッと軽い痺れが走る。それをきっかけに身体が熱く火照った。ついさっき、同じような感覚になったのを思い出す。どちらかと言えば、消えずにくすぶっていた残り火が再燃した感じ。それは瞬く間に全身へと広がって、敏感な部分を疼かせ始めた。

「あ、うン……。ふ……あ……っ」

声が高くなる。抑えようにも勝手に溢れる。これに似た音色も、さっき聞いたばかり。束咲が自分を慰めながら、気持ちよさそうに漏らしていた、喘ぎ声。

「こんな……の、やだ……。恥ずかしい……あふッン」

こんな甘ったるい自分の声を聞くのは初めて。驚きよりも、戸惑いよりも、声が大きくなるほどに身体を包み込んでいくゾクゾクに抗いきれなくなっていく。

「こ、このままじゃ……シちゃうっ。ダメ……ンきゅうぅッ!!」

禁じていたオナニーを始めてしまいそうな予感がする。焦燥感に駆られて自分を叱る。それなのに、強烈な悦びが背中を貫いた。硝の右手は、とっくに股間を捉えていたのだ。

「ふぁっ、ふぁッ!?」

閃光のような感覚が頭で弾けて目を見開く。それを快感だと認識した身体は、貪るように指を動かし始めた。縦溝に沿って中指が往復する。軽く触れているだけなのに、電撃のような悦びに腰が跳ね上がる。

「ヒッ、ふぁっ!?　何これ怖い……。や、やめなくちゃ……あんっ」

自制しようにも、手指は性器に貼りついて離れない。溜まりに溜まった欲求をこの機にすべて吐き出させる勢いで、容赦なく恥溝を辱める。

「なんで？　指、とまんない！　これ、どうすればいいの？　助けてよ、卯民さんっ！」

初めての、しかも唐突に始まってしまった自慰に混乱し、束咲の名前が口を突いた。

この場にいない人に呼びかけても意味ないけれど、硝の中で、性的なことを相談できる相手なんて彼女だけ。だから、当人の意思を無視して暴走する指の責任を押しつける。

「あんなの見ちゃったから……見せつけるから……あふぅっ」

目蓋に焼きつく、束咲の痴態。自分の股間を激しくまさぐる、うっとりとした横顔。それらが、硝の欲情を否応なしに掻き立てる。

「はぁぁ……あぁぁぁ……。もっと……もっとぉ………ンッ!?」

彼女のセリフを真似てみる。それだけで快感が体内で大きくうねった。シーツを握って左手が衝動的に跳ね上がり、乳房を乱暴に鷲掴みする。

「ふぐっ!」

ブラを着けたり風呂で洗ったり、胸を触るなんて日常行為。それなのに、未知の甘い痺れが身体を襲う。指先から放電でもしているように、触ったところがゾクゾク疼く。抵抗する意志が、快感を求める本能に押しのけられていく。

「こ、こんなに気持ちいいなんて……。はぁ、はぁ……はぁぁぁうっ」

掌に感じる乳首が妙に硬い。二本の指で摘むと、驚くほどの硬直と、電撃のような快感に貫かれた。ビリビリに思考を麻痺させながら、小粒な蕾を夢中になって転がし、押しつぶし、捻りまくる。

「あぁぁぁン! そんなのダメ……。あたしは、こういうコトしちゃいけない……のに。そこッ! そんなに擦らないで……やぁぁん……」

言葉とは逆に、両手の指が敏感な部分を刺激する。とはいえ初めてなだけに、左右で違う動きを同時にはこなせない。せっかく昂りかけた快感を逃がすまいと、性器への愛撫に集中した。脚を開き、左手を鼠径部に添え、右手の指先で割れ目をくすぐりまくる。

「はぁうっ。ンあぁぁうっ」

堪らず悲鳴を上げてしまい、慌てて口をつぐむ。それでも指は、お構いなしに秘部を責め立てた。自制心と欲求がせめぎ合い、苦悶に首を振り立てる。でも本当に苦しいのは、その指使いの未熟さだった。気持ちいいのに、満足には程遠い。東咲で見たような絶頂がいつまで経っても訪れない。

「う、卯民さん……何とかしてぇぇ……！」

もっと彼女のオナニーをよく見ておけばよかった。自分では激しく擦っているつもりだけど、快感は停滞し、達しそうで達しないもどかしさに頭がモヤモヤする。

「あぅ……うんっ……。はぁ……はぁ……。卯民……さぁん……」

頭の中で懸命に、東咲の自慰姿を甦(よみがえ)らせる。すると、薄闇(うすやみ)の中で、彼女の白い肌がぼんやりと浮かび上がった。股間の指使いはよく見えない。だけど、仄かに汗ばんだ首筋、微かに開いて熱い吐息を漏らす唇、うっとりと閉じて震える睫毛が、鮮明に思い出される。

あの動揺の中、そんなに細かく観察できたはずがない。大半は妄想の産物だろう。だけど、そんなのどっちでもよかった。

妄想の東咲が、切なげに首を傾けながら硝を振り返る。その、欲情に爛(ただ)れた瞳に見詰められた瞬間、硝の身体に異変が起きた。右手の指先が、温かいぬかるみに沈んだのだ。これまでも少しは愛液の湿り気を感じてはいたけれど、そんなものの比じゃない。急に底なし沼が出現したかのように、ずぶずぶと飲み込まれていく。

「ふぁっ⁉　なにこれ……。なんか……深い……！」

噂に聞いたことはあるけれど、女の子は本当にここまで濡れるものなのか。自分の身体が初めて示す様相に、何か異常が起きたのではないかと不安さえ覚える。しかし大量に湧出した潤滑油で、指の動きはより滑らかに。性器の感度まで上がった気がする。

「ヒッ、ひぁっ、はひっ……」

喘いでいると、東咲が覆い被さってきて、濡れた割れ目を撫で上げられた。

「ひぃぃんっ！」

触っているのは硝自身で、東咲はあくまで妄想。それなのに、本当に愛撫されたように強烈な快感が走った。電気に打たれたような衝撃で爪先が伸びる。もどかしいほど遠かった絶頂感が、いきなり間近に迫ってくる。

「あぁ……凄い！　卯民さん……。もっと触って、卯民さんっ！」

目蓋に映る東咲に向かって思わず呼びかける。彼女はそれに応えるように微笑むと、濡れ淫裂に、ずぷりと指を押し込んだ。

「ふぁあっ⁉　凄い……。卯民さん、凄いよぉ！」

東咲の指が粘膜を擦る。膣口周りを撫で回してくる。愛撫は錯覚だし、力加減だってたかが知れている。それでも、性器を触られ、感じている姿を見られていると想像するだけで、興奮が抑えきれない。左手も右の乳房に舞い戻り、中指と薬指で乳首を弾いた。誰に習ったわけでもなく、自分の身体を快感の極みへと追い込んでいく。

「んぁっ、んあぁぁっ！　これ、どうなるの……どうなっちゃうの⁉」

暴走する快感は、同時に恐怖をもたらした。自分を制御できない初めての感覚が受け止めきれない。それなのに、両手はトップスピードの愛撫でとどめを刺しにきた。

「やだ……身体、浮く……。飛びそう……飛んじゃうよ………卯民さんッ‼」

束咲に助けを求めた瞬間、甘い衝撃が貫いた。頭を真っ白な閃光が走り、全身が足の先まで真っ直ぐにピンと伸びる。

「んあッ、んふぁう、ふぐっ、ンあぅぁぁぁ……ッ」

うまく呼吸ができず、甲高い悲鳴を喉が強引に絞り出す。気持ちいいのか苦しいのか分からない暴風に巻き込まれ、夢中で髪を振り乱す。

「ふぁう、ンふっ、あぶ、ンッ、くふぅぅ……」

徐々に呼吸が戻ってきた。強張っていた身体からも力が抜ける。というよりも、あまりの気だるさに身動きできない。

でも、全然嫌じゃなかった。心地よい疲労感に、全身が包まれていく。股間から内腿へ温かい粘液が流れ落ちるのを感じるけれど、もう目蓋を開ける気にもなれない。

「ふぁぁぁ……。気持ち、よかったよ……卯民、さん……」

硝は、甘い息で少女の名を呼びながら、深いまどろみの中へと一気に落ちていった。

第2章　こんな場所で感じちゃうなんて信じられません

「お疲れ様でしたー……」

硝は、次のシーンの撮影準備を続けるスタッフたちに控え目な声で一礼し、台本を胸に抱えながらスタジオを退出した。

今日は、久しぶりのドラマ撮影だった。控室に戻る前にふと足を止め、スタジオの分厚い扉に貼られた香盤表を改めて眺める。役者だけでなく、大道具やら小道具やら、撮影に関するすべてが細かく書かれたスケジュール表。その片隅には、南海硝の名前も確かに記されている。仕事があるのは、もちろん嬉しいのだけど。

「もうちょっと、やりがいのあるやつが欲しかったなぁ……」

喫茶店が舞台の恋愛ドラマで、硝の役は、二人連れの客のひとり。向かい合う友達役の人とお喋りしているように動くだけで、実際にはセリフはない。それならば、せめて主役たちの芝居を見て勉強してやろうと思ったら、生憎（あいにく）カメラに背を向けたポジション。

「これじゃ、誰がやっても一緒じゃん。……いやいや。NGもなかったし、きっと背中で見せる演技がよかったんだよ。派手に動くだけがお芝居じゃないもん」

そんな理屈で踏ん切りをつけて、やっとその場を去る気になった。現場は多くの関係者や役者が行き交うので、いつまでも突っ立っていたら邪魔でしかない。急ぎ足で、その他大勢の役者が使う控室に戻る。端役は衣装もメイクも自前なことが多い。だから硝も自分でドーランを落とし、帰り支度は終わり。

「まだお昼過ぎか。事務所のレッスン場が空いてるようなら、ダンスの自主練でも……」

入構証を首にかけ、スマホで時間を確かめながら控室を後にする。すると、廊下に出るなり背後から声をかけられた。

「――南海さん？」

「…………卯民さんっ⁉　何でこんなところに？」

そこには、いつものウサ耳黒パーカーを羽織った束咲が、数人の大人と一緒に立っていた。意外そうな顔をしているけれど、驚いたのは硝の方だ。芸能人じゃないと彼女自身で公言したのを聞いているだけに、騙された気分もなくはない。

連れ立っている男性は、この撮影スタジオのスタッフだ。何度か見かけた覚えがある。でも、その隣の、服から小物まで無闇にブランドもので固めた女性は誰だろう。

「母さん。こちら、同じクラスの南海さん。女優さんをしてるんだって」

「み、み、南海ですっ」

硝の視線に気づいた束咲が、気を利かせて紹介してくれた。言われてみれば目鼻立ちがよく似ている。まさか母親だとは思わなかったので、慌てて九十度の角度でお辞儀した。

「あら女優さんなの？　凄いわね」

「あ、いえ全然っ。まだ人に知られているような役とかないので……」

卯民母に感心されて、さらに焦らされた。人と会うたび幾度となく繰り返し、すっかり慣れた言い訳だけど、友達の母親相手だと、改めて情けなくなってくる。

「で、卯民さんはここに何を？」

「それがね、急に何かの番組に出ることになって……」

彼女からテレビに出たいなんて言い出すとは思えないので、よほど強く誰かにお願いされたんだろう。だからなのか、自分が出演する番組の内容もよく把握していない感じ。

「あの……。ちょっとだけ、お手洗い、いいかな？」

束咲が母親を振り返った。男性スタッフが「それなら」と案内しようとしかけて、気まずい顔になる。女子トイレについていくのが、はばかられたんだろう。となれば、この場で案内できる同性は硝しかいない。

「南海さん、お願いできる？」

頼みを了承し、母親に軽く会釈する。でも先導しようとしたその前に、束咲が硝の手を取り逃げるように歩き出してしまう。

「早く早く、急いでっ」

「ちょ、そんなに緊急なの？」

まさか一刻を争う事態だとは思わなかった。硝は再び前に立ち、彼女を誘導する。

(帰りも案内があった方がいいだろうし、終わるまで外で待っていてあげよう)

そんな親切を考えていたら、どういうわけか、急ぎ足の勢いそのまま、硝まで個室に連れ込まれた。しかも、ガチャリと扉の鍵まで閉められる。

「卯民さん慌てすぎだよっ⁉」

「ち、違うのっ。本当はお手洗いに用があるんじゃないのっ」

それなら何だというんだろう。束咲にズイッと距離を詰められて、訳が分からず便座に座り込んだ。不意に、数日前の全裸散歩が頭をよぎる。もしかして、口止めのため何らかの実力行使にでも出るつもりなのか。不安に駆られ、脱出する隙を必死に窺う。

ところが彼女は、まったく予想外の話を始めた。

「見た感じ、南海さんはマネージャーさんもつけずに一人で行動してるんだよね？　それなのに私ったら親同伴で……。恥ずかしいヤツ、て思ったでしょ」

そんなこと考えもしなかったので「へ？」と間の抜けた裏声が漏れ出た。

「いや、別になんとも……。あたしが一人なのは、マネージャーさんが世話を焼いてくれるほど売れてないからだよ。今日のお仕事だって、ただのエキストラだったし……」

「エキストラだって、立派なお仕事でしょ？」

束咲の言葉にハッとなる。見上げると、彼女の口調や表情に咎めたような様子はない。硝の自虐を、謙遜と受け取っただけみたいだ。確かに、エキストラは映像作品に不可欠な人員。大きな仕事をしたいと思うあまり、いつの間にか、意識せず見下していた。

(役に不満を言うなんて……。あたしったら、なんて生意気な……)

傲慢さを気づかされ、恥ずかしさのあまり俯く。どんどん頭が下がっていく。しかし、そんな反省を吹き飛ばす勢いで、束咲に激しく肩を揺さぶられた。

「そんなことより聞いて！　もうあんまり時間がないから！」

　まだ本題じゃなかったのかと目を丸くした。よく考えたら、マネージャー云々なんて話で、わざわざ密室に連れ込む意味はない。

「あのね、最近のお母さんってば、すっかりマネージャー気取りで、無断で仕事を引き受けちゃうの。今日の収録だって、聞かされたの今朝だよ？　私が断れないように、わざとギリギリで話をしたんだよ。あぁ、どうしよう……。まだ心の準備ができないよぉ」

　束咲が急に泣き言を喚き出す。オロオロとあちこちに視線を飛ばして、憤りと戸惑いをどこにぶつければいいのか分からずにいるみたいだ。

（事前打ち合わせもしてなさそうと思ったら、お母さんが勝手に話を進めてたのね）

　彼女には色々と負い目がある。こんな場所で愚痴を聞くくらいなんともない。これも贖罪の一環と思い、腰を据えて長期戦の覚悟を決める。

　が、この変わり者のウサギさんの話が、そんな安易であろうはずがなかった。

「でね、でね！　パンツを脱いだら落ち着けると思うの！」

「…………はい？」

　とても変なことが聞こえたが、気のせいだろう。硝は、確認し直す前に目を閉じ、息を吐いて心を整える。だけど再び目を開いた時、呼吸がとまるかと思った。今まさに、束咲が下着を足首から抜き終えたところだったのだ。

「ちょ……何してんのよ卯民さんっ！　これから収録なんでしょう⁉」

「だからだよ。私、テレビなんて初めてだし、絶対に緊張して変なこと言っちゃうに決まってるもん。でもノーパンなら、そっちに気を取られて、逆に落ち着けると思うんだ」

滔々と語っているけど、支離滅裂すぎて理解できない。

束咲がにっこりと微笑む。その手には、丸くなった薄ピンク色の小さな布切れ。硝は、戦慄する思いで彼女の下半身に目をやった。膝下までの黒ハイソックスと、白さが眩しい細めの太腿。そして、黒地のチェック柄スカート。

（あの中、今……）

喉を鳴らして生唾を飲み込んだ。まるで自分が脱がされたような錯覚を起こし、脚の間がキュンと竦む。本当にノーパンで人前に出るつもりなんだろうか。普通に考えて、そんなことできるわけがない。

（いやでも、卯民さんならありえるかも……って、そんなわけがないでしょっ！）

友達が目の前で下着を脱ぐという、あまりにも非現実的な状況のせいで、危うく納得するところだった。頭を振って冷静さを取り戻す。万が一にも、スカートの中身がカメラに捉えられたら終わりだ。思い直すように改めて説得しなくては。

だがその前に、硝の手を束咲が握り締めてきた。脱いだパンツが掌にのせられている。

「これ預かってて。私、もう行かなくちゃ。じゃ、お願いっ」

何を言われたのか理解するより早く、束咲はトイレを飛び出していた。展開についていけない硝は、残された下着を握り締め、しばらくその場に呆然と立ち尽くした。

関係者でもないのに、他番組の収録現場には入れない。仕方がないので、束咲のパンツをスカートのポケットに突っ込み帰宅した。着替えもせず、自室の床にしゃがみ込む。

ぼんやり座り続けて小一時間。停止していた思考が、次第に回転し始める。

「帰ってきちゃダメじゃん！」

跳ねるように立ち上がり、慌てて懸案の物を掴み出した。薄ピンクの可愛い布切れが妙に重く感じて、のせた両手がぷるぷる震える。

「どど、どうしようっ。これ、返さなくちゃいけなかったのに！」

普通、あの場で待っているものだろう。いくら動揺していたからといって、こんな大事なものを預かったまま、彼女をスタジオへ置き去りにしてしまうなんて。

「収録は大丈夫なの？　ノーパンがばれて、とんでもない騒ぎになってたりしたら……」

秘密が発覚していたらと思うと気が気でない。早く返しに行かなくてはと焦りが募る。

「時間的に収録は終わっていないだろうし……。そもそも、仕事でもないのにスタジオに行っても大丈夫なのかな」

経験不足のせいで分からない。忘れ物をしたと言えば、怪しまれずに入れるだろうか。

悩んでも答えが出ずに、立ったり座ったり、部屋の中をグルグル歩き回ったり。

「そうだ、せめてメールだけでも……！て、駄目だ！　卯民さんの連絡先、知らない！」

見出した希望は一瞬で消え、手にしたスマホの画面も虚しく真っ黒になる。

いつしか陽が西に傾きかけていた。どんな番組か知らないが、もう収録は終わっただろうか。情報を得る手段が何もなく、焦りだけが分厚く募っていく。

「あーもうっ。だから危ないって言ったのに！　あたし知らないからねっ！」

焦燥感のあまり悪態を吐き、次の瞬間には両手を組んで一心不乱に無事を祈る。そんな終始一貫しない行動を取っていたら、スマホがけたたましい音を立てた。

「わあ、びっくりした！　いきなり鳴らないでよっ!!」

電話はいきなり鳴るに決まっている。理不尽な怒りをぶつけつつ、ともかく早く応答をと思うのに、冷静さを欠いて操作を度忘れ。コール六回目でやっと出られた。

『あ、南海さん。卯民です』

「卯民さん？　大丈夫!?」

スマホに噛みつく勢いで尋ねると、彼女は「何が？」と返してきた。電話の向こうで、不思議そうに首を傾げている姿が想像できる。

「えっと、その……収録は？」

『うん、おかげさまで何とかなったよ。ありがとう』

いつも以上に明るい声。どうやら、何ごともなく終わったようだ。安堵のあまり腰が抜け、床にへたり込む。すると今度は、余計な心配事に巻き込まれた怒りが湧いてきた。文句を並び立ててやりたいのに、乱高下する感情のせいでうまく言葉が出てこない。

「えっと、えっと……そう、パンツ！」

やっとの思いで、その単語だけ吐き出す。束咲もそれが本題だったらしい。

『そうそう。預けっぱなしになっちゃって、ごめんなさい』

心底、申し訳なさそうな声。先に謝られてしまい、怒りが行方を見失った。そして彼女の方こそ、下着を持ち帰られたことに腹を立てている様子がない。自分だけが感情的になっているのが恥ずかしくなる。

「いや、別に大丈夫だけど……。これ、どうすればいい？」

『それなんだけど……私の家まで持ってきてくれる？』


同級生の脱ぎたてパンツなんて危険な代物、一刻も早く手放したかったので、迷うことなく束咲のお願いを引き受けた。スマホに送られた住所は、電車でひと駅。

「思ったより近いんだ。……そういえば、『タコさん公園』でそんなこと言ってたような」

あの時は冷静でなかったので、うろ覚えだった。その距離を散歩するのは大変そうに思えるけど、ああ見えて意外に健脚なのかもしれない。

それはともかく、束咲宅の最寄りの駅前も、出てすぐに商店街通りが伸びているのは硝の近所に似た感じ。しかし、視線の先にそびえ立つタワーマンションが景色を大きく異にしていた。住所を地図で確かめて、そして、その高層建築物を二度見する。

「……え、あそこ？　あそこなの!?」

硝の家だって新築二階の一戸建てで、それなりに立派なはず。マンション住まいの友達も何人かいるけれど、やはり「タワー」が付くとお金持ちのイメージ。

恐る恐る建物に足を踏み入れた。彼女の家は二十階。エレベーターの静かな音が、逆に不安を煽ってくる。膝の震えを抑えつつ、部屋のチャイムを鳴らした。

「あ、あ、あのっ。南海ですけどっ！」

「はーい、待ってたよぉ」

満面の笑みの束咲が、勢いよくドアを開く。その姿に、硝の呼吸がとまった。

想定しておくべきだったのだ。彼女が、何ひとつ衣服を身に着けていない事態を。断りもなしに玄関へ素早く身体を滑り込ませ、大慌てでドアを閉める。

「ちょ……ッ、なんて格好してるのよっ⁉」

「言わなかったけ？　私、家では裸だって」

「聞いたけど！　確かに聞いたけど！　人が来る時くらいは何か着ててよ！」

「南海さんじゃなければ、そうしてるよ。さあ、どうぞ上がって」

当たり前のようにリビングへ招く束咲。一度はその裸体を見てはいるけれど、夜だったし、しかも土管の中。しかし今は、煌々と明るい照明の下。肌や乳首の色はもちろん、脚の付け根の淡い翳りも、しっかりと拝めてしまう。

「Ｔシャツだけでもいいから、とにかく隠して……」

両手で顔を覆って懇願するも、あまりに声が小さすぎたのか、完全にスルーされた。改めて言い直す気力もなく、仕方なく、リュックから問題のものを出す。

「卯民さん、これ……」

「ごめんね、南海さん。本当なら、私が取りに行かなくちゃいけないのに」

両手で受け取りながら、束咲が苦笑いで謝る。硝は「あ……」と声を漏らした。言われてみれば、それが筋というもの。返却したい一心で考えもしなかった。とはいえ、問題を解消できるなら、どちらでもいい。安堵の息を吐き、彼女と同じように苦笑する。

「変なものを預けちゃったお詫びに、お茶にお招きしたかったの。急で迷惑だった？」

「ううん、大丈夫。どうせ家にいても暇だったし」

自主レッスンをやめた時点で予定はなくなった。今日は両親とも遅くなるし、少しくらいゆっくりしても問題ない。

勧められるまま、ソファへ腰を下ろす。そうしてやっと、部屋を見渡す余裕ができた。リビングとダイニング、そしてキッチンがひと続き。二階分が吹き抜けになっている。彼女の部屋は上の階だろうか。窓が天井まであって、普通なら外から裸を見られる危険も考えるところ。だけど周囲にこの部屋より高い建物はないので、その心配はない。

(なるほど。卯民さんが裸族を謳歌できるわけね。で、絶対に安全なのが分かっているからこそ、すぐに刺激が足りなくなったと)

彼女の事情は理解できた。共感はできないにしても。

ダイニングで、束咲が鼻歌交じりに紅茶を淹れている。何となく眺めていたら、準備を終えた彼女が振り返った。乳房の膨らみと乳首の桜色が、いきなり日に飛び込んでくる。

「──‼」

慌てて顔を逸らすけど、すでに残像が焼きついていた。彼女が好きで裸を見せつけているとはいえ、断りもなく眺めるのは、やっぱりよくない気がした。

「お待たせー。好みを聞くの忘れちゃったけど、ダージリンで大丈夫？　モンブランとレアチーズケーキ、どっちかお好きな方をどうぞ」

トレイに紅茶とケーキのセットが二人分。どうせ高級な味なんて分からない。硝はレアチーズケーキを手に取った。束咲は上品に微笑み、Ｌ字に置かれたソファの左手側に腰を下ろす。その優雅な身のこなしから、育ちのよさを感じた。

それに、見るまいとしても、どうしても目が引きつけられる。胸の形、細い腰、小さなお尻。少女らしい身体のラインが、硝の胸をときめかせる。

その時だった。脚の間の恥ずかしい器官が、小さく疼き始めたのだ。脈動は瞬く間に大きくなり、スカートの中の内腿を反射的にキュッと締める。

（え、え、何で？　こんな、人の家で……）

この反応は、間違いなく欲情。戸惑いと一緒に、数日前の記憶が脳裏に蘇った。束咲の名前を呼びながら、オナニーしてしまった記憶が。

カッと体温が急上昇した。鼓動もどんどん速くなる。あの時に見た妄想が目の前の彼女に重なり、穏やかなはずの微笑みが、ひどく淫らなものに映る。揺れる乳首が誘っているかのようで、生唾を飲み込む。

（バカバカ落ち着け！　友達に欲情するなんて変態か！）

しかも相手は知り合って間もない同性。いくら彼女が裸族といっても、自慰のオカズにされたなんて知ったら、気持ち悪いと思うに決まっている。痴漢だけでも大問題すぎて受け止めきれずにいるのに、これ以上の罪の意識なんて抱きたくない。

（そっちから気を逸らさなくちゃ……。何か、別のことを……）

考えまいとするほど、性器が触って欲しそうにウズウズする。早くしないと指が股間に伸びる。性欲に引きずられる意識を引き戻そうと、懸命に常識的な話題を探した。

「……そういえば！　何であたしの連絡先を知ってたの？」

冷や汗を流しながら、疑問だったことを頭の中から引きずり出した。実際、東咲に教えた覚えはない。それで連絡できなくて困っていたわけだし。

「この前ね、えっと……上の名前はなんだっけ。朋佳さんにアドレスとか交換しようって言われたの。で、その時に、ついでだからって南海さんのも教えてくれたんだ」

「あいつめ……。人の個人情報を何だと思ってるのよ」

後でボコる、なんて物騒な考えも浮かんだけれど、おかげで東咲の大事なものを返却できたわけで、今回は許すことにした。

一度は怒りの矛先を見つけたおかげで、欲情はいくらか小さくなってくれる。ただ冷静さが戻った分、今度は奇妙な気分に襲われ始めた。目の前の相手は、完全に、一糸纏わぬオールヌードなのだ。そんな有様で平然とケーキを口に運び、他愛のない話にコロコロ笑う。あまりにも当たり前のように振る舞うので、だんだん、服を着ている自分の方がおかしいのではと錯覚しそうになってきた。

（落ち着け、自分を信じろ）

紅茶を飲んで、気分と一緒に話題を変えた。

「それにしても、卯民さんてホントに凄いね。ついにテレビにも出ちゃうなんて。どんな内容だったの？　あ、オンエアまで喋っちゃダメなのかな？」

「何か、これから注目の新世代、的なやつだった。私の他にも二人紹介されてたよ。動画とか流されて、恥ずかしかったぁ～。ディレクターさんに生歌もってお願いされてたんだけど、それは断固拒否したっ」

本来内気な東咲には、出演だけでも相当な妥協だったはず。ともあれ、短いインタビューだけで、動き回る必要はなかったみたいだ。彼女はダンスしながら歌うスタイルではないし、ノーパンでも、そこまで心配する必要はなかったのかもしれない。

（でも、それって結果論だよね。立ったり座ったりで映っちゃうことだって、ありえたわけだし。今後は、突飛な行動は控えてもらわなくちゃ）

多分、東咲から見たら余計なお世話だろう。硝に行動を管理する資格があるわけじゃない。けれど、彼女と関わると、いつもエッチなトラブルがつきまとう。おかしな巡り合わせを断ち切るためにも、彼女には自重して欲しいというのが正直な気持ち。

(いや……。そもそもは、あたしの痴漢が原因だった。卯民さんばかり責められない)

いい加減、自白して謝罪すればいいだろうと、自分でも思う。

でも——と、傍らの彼女をチラリと見る。楽しそうに今日の撮影の話をしている。痴漢の件を明かせば、きっとこの笑みを曇らせる。それは、駄目なことのように思えた。

「そういえば、スタジオのセットって、表はあんなに派手なのに、裏側って、ただの木の板なんだね。びっくりした！」

「ああ、うん。ドラマや映画のセットも同じだよ。簡単に分解と組み立てができるように作ってあるんだって」

出演自体は乗り気でなかったけど、初めて見るスタジオには興味を引かれたみたいだ。いつになく束咲の口調が興奮気味。ただ、硝の方は胸がモヤモヤしていた。だって、バラエティは経験がないのだ。また彼女に先を越され、悔しい気持ちが抑えきれない。

(あ、まずい……)

楽しそうな話し声が、次第に煩わしくなってきた。このまま聞き続けていたら、きっと嫌味なことを口走ってしまう。そうなる前においとましよう。

「あの……南海さん」

不意に名前を呼ばれて顔を上げる。いつの間にか自分の考えに没頭し、あまり話を聞いていなかった。また束咲を泣かせてしまうと焦ったけれど、予想と違い、両手を腿に挟んでモジモジしている。あらぬ方向を向いたり、赤らめた顔を俯かせたり。さっきまで平然としていたとは思えないほど、あからさまな恥じらいの仕種。

「ど、どうかした？」

「あの……ね、あの……。南海さんも、脱がない？」

態度こそ躊躇しながらだけど、はっきり言いきった。

「さすがに私だけ裸っていうのは恥ずかしいよぉ。せっかくだし、南海さんも裸ライフを体験してみよ？」

「恥ずかしいなら服を着ればいいでしょっ。せっかくだしの意味も分かんないよっ！」

抑えていた嫉妬心がはみ出して、言葉が刺々しくなった。そうじゃなくても普通に考えて絶対にお断り。今度こそ帰るべく、腰を浮かせようとする。

それが、できなかった。隣に移動した束咲が、腕を搦め捕ったのだ。それだけで拘束されるほど硝も非力じゃない。けれど、お尻がソファに貼りついたように全然動かない。

「お願ぁい。全部がきついなら、ノーパンだけでも。ね、ね？　お試しで」

甘えた声と上目遣い。ひとりで遊ぶだけでは飽き足らず、仲間を欲しがり始めたんだろうか。試すというなら、硝はすでに自分の部屋で経験済み。それも、全裸オナニーというおまけ付きで。無垢な瞳のこの少女を汚したようで、罪の意識を揺さぶられる。

それ以上に、彼女の裸を想像しながら絶頂したあの快感が、身体と心を誘惑していた。

どうしてこうなったのだろう。硝は、自分が置かれた状況に、これ以上ないほど混乱していた。ほんの十分前の記憶が、ひどく曖昧になっている。

——は、裸はさすがにハードルが高いよ……。

——じゃあ、ノーパン！　ノーパンデートしよ！

必死になって記憶を捻り出し、そんな会話が浮かんできた。だけど、自分がどうやって承諾したのか、あるいはさせられたのか、さっぱり思い出せない。

ひとつ言えるのは、束咲に後ろめたさを感じているからだろう。本当ならば、硝の方が優位のはず。彼女の秘密の趣味を知っているのだから。ただ、その根本原因が自分のした痴漢にあると思うと、どうしても強く出られずにいた。

そんなわけで、電車に乗った二人は、パンツを穿いていなかった。彼女は吊革にぶら下がって上機嫌だけど、とてもそんな気楽な顔はできない。怖くて不安で、両手で金属製の手すりにしがみついていないと、膝から崩れ落ちそうだ。

「顔が硬ぁい。もっと普通にしてないと、逆に注目されちゃうよ？」

束咲の忠告に返事をする余裕もない。もうすでに、他の乗客全員の視線が自分に向けられている気がする。ちょうど退勤時間なのか、朝のラッシュアワーほどではないにせよ、車内はそこそこ混んでいる。この中の誰かが硝のノーパンを見つけて大騒ぎになる——なんて妄想が、さっきから脳内をぐるぐると回転中。

ただ、その回転数に比例して、どういうわけか、股間の疼きが大きくなっていく。

「………興奮、するでしょ」

「そんな……っ。そんなこと……」

まるで硝の心を見透かしたように、東咲が耳元に囁きかけてきた。否定するけど、その声で亀裂が脈打ち、そして、感じ取った。そこが何かを漏らしたのを。一瞬、おしっこかと蒼褪める。けれど内腿を流れ落ちたのは、とろみのある熱い粘液。その反応が示す事実を、硝は認めることができない。

「お、降りる……。次で、降ろして……」

おしっこにせよ、そうでないにせよ、スカートの範囲を超えて垂れるのが怖い。小声で懇願すると、東咲は目を細めて頷いた。

乗った駅から、ふた駅。自宅の最寄りからでも、ほんの三駅。焦燥に駆られて電車から飛び降りたけど、明らかに早まった。ここは駅ビルや映画館もある、近隣で最も大きな繁華街だったのだ。陽が落ち多種多様のライトで照らされた街を、会社帰りのＯＬや買い物客、デートする男女が絶え間なく行き交う。

（よりにもよって、こんな人の多いところに来ちゃったよぉ）

漏れたものを垂らさないように、内股で静かに通りを歩く。電車の中でビクビクしていた時より悪目立ちしている気がして、なおのこと落ち着かない。東咲が腕を組んで支えてくれているけれど、その彼女も微妙に震えている。

やっぱりこんな悪戯（いたずら）は無謀だった——なんて思い直してくれていればと期待するけど。

(違う。この娘、すっごく興奮してるんだ!!)

紅潮した表情から窺えるのは、とんでもない秘密を抱えて歩いているのが楽しくて仕方がないという悦び。

(何で？　どうしてこんなので楽しめるの？　あたし……あたし……！)

緊張で身体が竦む。歩みが遅くなり、立ち止まりそうになる。その時、向こうから歩いてきたＯＬ風の女性と目が合った。すれ違いざま、彼女の視線が下半身に向けられる。

(バレた――!!)

多分、違う。見ただけで下着の有無なんて分かるわけがない。単に硝の歩き方を怪訝に思っただけだろう。でも、その些細な衝撃は、きっかけとして十分すぎた。緊張のタガを外してしまうには。

ぶるっと、身体が震えた。股間で発生した危機感が、一瞬で限界近くに達する。

「卯民……さん……。あの……トイレっ。あ、だめっ、もう………限界ッ」

「えぇっ!?」

蚊の鳴くような声の、切羽詰まった訴えに、さすがに束咲も焦りを見せた。トイレくらい、この周辺にはそこかしこにあるだろう。けれど、そんなところに駆け込むのも間に合わないほど、硝のあそこはパンパンに張り詰めている。

「こっち！」

硝の手を引き、束咲が走り出した。メインストリートから外れ、通り二本分ほど奥に。

もっと近くにある気がしないでもないけど、尿意に追い詰められ、限界を迎えつつある硝には、彼女を信じるしかできない。

「ここ、ここでしちゃって」

ところが、彼女が硝を連れ込んだのは、立体駐車場の裏だった。

「ウソでしょ。こんなところで⁉」

箱状の建物と高い塀とに挟まれた狭い空間で、確かに人目はないだろう。しかし、駅前通りから離れたとはいえ、雑踏の音が近くに聞こえる。それに、こんな場所にしては掃除が行き届いているのも気になった。

「てことは、誰かが覗きに来ることだって……。でも、でも……あぁ……ッ」

もう他の場所に移動する余裕はない。不安と焦燥と緊張の全部が、尿意を決壊させる。

「もう………ダメぇぇぇっ！」

硝はスカートを捲り上げ、その場にしゃがんだ。姿勢が整うより早く、水流が勢いよく迸る（ほとばしる）。我慢に我慢を重ねた末の解放に、身体が悦びで打ち震える。

（あ……はぁぁぁぁ……。何これ、凄いぃぃぃ……）

硝は、うっとりと天を仰いだ。屋外で。すぐ近くに人波がいる中で。おしっこが地面のコンクリートを叩く音が、やけに耳に心地いい。ゾクゾクする甘い痺れが、爪先から頭のてっぺんまで包み込む。

「んふ。おしっこ中の南海さん、可愛い」

でも、楽しそうに弾む声が硝を現実に引き戻した。同じようなポーズでしゃがんだ束咲が、両膝に頬杖を突いて微笑んでいる。硝のおしっこを、目を細めて眺めている。

「いやぁぁぁっ、見ないで……！」

「しーっ。大きな声を出したら聞かれちゃうよ？」

「でもっ、でもっ……。やだっ、とまらないっ！」

真正面から見物され、音まで聞かれて、恥ずかしさで死にそうだ。いくら切迫していたとはいえ、こうなることは分かっていたのに。

「外でするのって、すっごく、すっごく、気持ちいいよね。クセになっちゃうくらいに」

ということは、束咲は屋外放尿も経験済み。ここも散歩スポットのひとつだから、即座に硝を連れ込めたに違いない。今さらそんなことが分かったところで無意味。身を捩って隠すことさえ不可能で、最後の一滴までしっかり鑑賞されてしまった。

「やだぁぁ……。意地悪ぅぅぅ……」

どうしてこんな辱めを受けなくてはいけないのだろう。羞恥が極まりすぎて、身体が竦む。立ち上がる気力もなく、駄々を捏ねる子供のように顔を覆ってすすり泣くだけ。

(これってやっぱり、痴漢とか覗きの仕返し？)

恨まれるだけのことをした自覚はある。それなら仕方ないのかもと、諦めの境地に入りかける。そんな硝の肩を、束咲の手が抱き寄せた。

「ごめんね、南海さん」

そして頬をつけるように囁きかけると、ハンカチで粗相の後始末を始めたのだ。

「え、そんな……。駄目だよ卯民さん！」

「いいのいいの。私のせいなんだから、おとなしくしてて」

丁寧に拭き取られているうちに、再び羞恥が湧き上がってきた。彼女のハンカチを汚してしまうことに恐縮し、大事な場所を触られた衝撃が後回しになっていた。立ち上がるとか自分でするとか選択肢はあるのに、善意を無下にするみたいで、なすがままにされる。

「ところでさ、南海さん……」

手を止め、東咲が話しかけてきた。何気ない口調なのに、数センチ先の目が、悪戯っぽく笑っている。嫌な予感に駆られるより早く、彼女が核心を突いてきた。

「漏らした瞬間、イッちゃたでしょ」

ハッとなって東咲を見る。ありえない。毎日訪れる生理現象で、絶頂なんてするはずがない。けれど、反論が途中で止まった。彼女の指が、性器を軽くひと撫で。甘い電気が腰に流れ、びっくりした身体が跳ねるように立ち上がった。

「ひぁんっ」

勢い余って後ろに倒れそうになったのを、東咲が抱きかかえて支えてくれる。しかし、それで姿勢が安定したのをいいことに、彼女は指を恥溝に食い込ませてきた。人差し指と薬指で割れ目を広げ、中指の腹で内側をゆっくり撫で始める。

「だめ……だよっ、こんな……ところ、で……」

　いつ誰が来るか分からない街の中。そんなところで同性の友達に性器を触られているという、あまりに異常なシチュエーション。自分だって彼女に痴漢したけど、不可抗力だったアレとはわけが違う。

「お願いやめて……あっ」

「嫌なら逃げればいいんだよ？　でも……私に任せてくれたら、経験したことない気持ちよさ、教えてあげる」

　右手で悪戯しながら、左腕で身体が密着するほど抱き寄せて、ほとんど吐息同然の声で囁いてくる。妖しいゾクゾクに背筋をくすぐられ、本当に気持ちよくしてくれるんだろうかと、淡い期待が一瞬だけ胸に浮かぶ。

（馬鹿なこと考えるなっ。きっと、あたしを苛(いじ)めて楽しんでるだけ……んあンっ⁉）

　思考が途切れた。溝に沿って動いていた指の動きが変化し、陰唇を震わせたのだ。軽い摩擦しか知らない性器から、信じられない快感が駆け上がる。初めて味わう衝撃に、冷静になろうとした頭が激しく揺さぶられる。

「ンッ、あ……ふぁ……んむっ！」

　残った理性を総動員し、漏れそうな声を必死に堪える。しかし、股間の振動に気力も体力も根こそぎ奪われ、立っているのがやっとの状態。震える膝のせいで、脚を閉じて悪戯を阻止(そし)することさえできない。

「あぁ……南海さん、凄い。いやらしい液が、いっぱいいっぱい、溢れてくる」

「そんなわけ……そんなこと………ひぃンッ⁉」

反論すると、彼女の指が激しく秘裂を掻き回した。ぐちゅぐちゅと粘った音が狭い空間で派手に鳴り響く。

「ほら、聞こえるでしょ？　これって、おしっこじゃないよね。さっき拭いてあげたんだから。ほら、また溢れた。ふふっ、私の指、ふやけちゃいそう」

「違う……違う、そんなの……ヒッ⁉」

先に言い訳を封じられ、それでも必死に否定したら、陰唇を激しくくすぐられた。認めないことを懲らしめるように、五本の指を素早く蠢かせる。

――くちゅ、ぐちゅぐちゅ。くちゅくちゅ、くちゅくちゅっ。

「あぅ、んあぅっ、そんなっ……ひぃンっ」

こんな下品な水音を聞かされたら、感じてないなんて言い訳は、もう絶対に通じない。両腕で彼女にしがみつき、肩に口を押し当て喘ぎを懸命に押し殺す。

「ね。南海さんも私のを……」

耳朶を甘噛みするように、束咲の声が誘惑する。熱に浮かされた硝は、その声に導かれるまま彼女の秘部に手を伸ばした。

「…………あ」

そこは、硝なんて比じゃないほど溢れ出ていた。濃厚な蜜が、恥裂の奥へと指を飲み込んでいく。その熱さと感触があまりに卑猥で、硝の頭は一瞬で沸騰した。請われるままに陰唇を弾く。いつもの自慰とは勝手が違うけど、自分がされているのを真似して返す。

「あぁぁんっ」

明らかに悦んでいる声が、東咲の唇から迸った。感じてくれたと思うと硝の胸にも喜びが湧き上がり、夢中で肉襞（にくひだ）を震わせる。

「す……ごいっ。南海さん……上手ぅ……」

彼女の声が、感極まったように上擦った。もしかしたら、硝をその気にさせる演技かもしれない。たとえそうだとしても、可愛い喘ぎに励まされ、この少女を感じさせることしか考えられなくなっていく。

「あ……あっ。南海さん、もっと……。あぁッ。上手、凄い……！」

「卯民さん……卯民さん……ッ！」

キスでもしそうな至近距離で、二人の吐息が混じり合う。互いの腰に腕を回し、しっかりと抱き合いながら絶頂に向かって突っ走る。喘ぎを抑える頭が残されているのが不思議なほど、快感に飲み込まれていく。

「あ、だめっ。卯民さん……あたしダメッ」

「私も……私もっ、南海さんッ！」

硝の欲情に当てられたのか、それとも近道を知っているのか、東咲も一気に頂点へと駆け上った。二人はまったく同じ動きで、相手を追い詰めていく。

その時、近くの線路を電車が通った。けたたましい音が、周囲の雑音も硝の耳に甦らせる。道路を行き交う車。雑踏の足音。人の声。いつの間にか失念していた。ここが駅前の繁華街であることを。でも身体は醒めるどころか、逆に信じられないほど熱くなる。不安と焦燥が、逆巻く熱量となって性欲を煽り立てる。

「なにこれっ⁉　何でこんな……こんな…………気持ちいい！　あぁダメッ！　イッちゃう、もうイッちゃうッ‼」

「南海さんっ。私も……南海……さんッ‼」

二人の身体が、まったく同時に硬直した。爪先立ちになって、強張った内腿で相手の手をきつく挟み込む。

「んぁっ、んあっ……ンはぅ……ンふぅぅぅぅ……っ」

荒い息で束咲に抱きつく。彼女も脱力しながらも、硝を支えて懸命に息を整えている。胸に感じる彼女の鼓動が、まるで全力疾走の後のように早い。

「はぁ……はぁ……。み、南海さん……。私、こんなに感じたの……初めて……」

額に汗を光らせ束咲が微笑む。でも、快感に翻弄されて忘我状態の硝には、浮かれ気分の彼女の顔を見ている余裕なんて、少しも残されていなかった。

それから一週間。硝は、しばしばうわの空状態になった。恥ずかしくて束咲の顔はまともに見られないし、他の友達と言葉を交わすのさえ後ろめたい。新学期が始まってまだ間もないのに、こんな調子では勉強がスタートからつまずいてしまう。

幸か不幸か、相変わらず仕事がないので時間はある。ちゃんと授業を聞いていなかった分、自習を頑張ることにした。今日も、日曜日だというのに朝から机に向かっていた。

でも、いくら振り払っても、あの夜のことがしつこく脳裏にフラッシュバックする。

「あたし……周りに人が大勢いる場所で、あんなエッチなこと……」

公式を使って解く手が止まり、シャープがノートに滑り落ちる。

ショックだった。束咲に弄ばれたこと。街中で愛撫を交わしたこと。あまつさえ、絶頂してしまったこと。

ただ、それらは些細なことでもあった。一番衝撃を受けた事実に比べたら。

オナニーすら自分に禁じていた数少ない性経験の中において、立体駐車場裏で味わった絶頂は、まるで別次元だった。誰かに見られるかもという恐怖、不安、焦り。それら全部が、快感に塗り替えられる異様な感覚。

――私に任せてくれたら、経験したことない気持ちよさ、教えてあげる。

束咲の声が、頭の奥で何度も反響する。でも信じたくない。認めたくない。あんな屋外で、何もかも忘れて快感に溺れたなんて。

それなのに、また身体が熱くなってきた。勉強する気もなくなり、ふらふらとベッドに横たわる。気分転換のつもりで、天井を仰ぎながらスマホをいじり、束咲の動画を探す。

「卯民さん、エッチな顔してたな……」

小さな画面の中で気だるく歌う彼女は、まるで別人。澄ました仮面を被っているようにしか見えない。それに比べ、絶頂直後の蕩けた表情はなんて可愛らしかっただろう。濡れた舌が艶めかしく唇を舐めるところを思い出すだけで、全身がゾクゾク震える。

「あ……」

気がついたら、指が秘部を捉えていた。もどかしげに下着を脱ぎ去り、早くも濡れ始めた恥溝を撫でる。たちまち、淡い心地よさが全身を覆い尽くす。画面の彼女を見詰めながら快感に溺れようとする。

「……いや、駄目でしょこれ！」

途中で我に返り、跳ね起きる。また束咲を自慰に使うところだった。すでに一度やってしまってはいるけれど、だからといって、罪を重ねるような真似はしたくない。

両手を太腿で挟んで性衝動を抑えながら、コロンと横に転がった。

「あたし……あの時、何であんなに興奮したんだろう」

この一週間、ずっと考えていた。愛撫されて感じること自体は、きっと普通なんだろうと思う。それなら、あの異様なまでの昂りは、何によるものなのか。

相手が友達だったから。同性だったから。屋外だったから。それともやはり、下着を穿いていなかったから。そのどれもが当てはまっている感じで、判然としない。

「………試してみよう、かな」

魔が差すとは、こういうことか。

硝は、下着を脱いで外出してしまった。自分の性的興奮ポイントがどこかなんて、別に知る必要のない話。それなのに、好奇心に衝き動かされ、とんでもない暴挙に出てしまった。しかも、ご近所さんの目を気にするあまり、バスで二十分もかかる市民公園まで。

自宅から適度に離れていて、数台のベンチくらいしかない広場。夏場なら、すり鉢状のスペースの底で噴水と戯れる子供で賑わっているだろうけど、まだ少し肌寒いので、それほどの人出はないはず。ノーパン効果を試すにはちょうどいい。

と思っていたのに、日曜の午後は、予想外に親子連れが多かった。人目を感じた途端、スカートの中が急にスースー寒くなる。そこをガードするはずの最後の砦を、自ら取り払っているのだから、当たり前。

「やばっ、早く帰ろう。何で卯民さんは、こんなので平気な顔できるのよ」

彼女が特別なのだと再確認できた。今日の収穫は、それで十分。

しかし、引き上げようとする途中、同世代の女の子たちが目に入った。

三人いて、一人がスマホを構えて撮影中。もう一人が指示役だろうか。そして、被写体は黒いウサ耳パーカーの少女。東咲以外の二人は見覚えがないけど、以前からの友達なんだろう。つまり、彼女たちが「ウタウサギ」を作り上げた張本人というわけだ。

「はーい、オッケー」

眺めていたら、撮影はすぐに終わった。二人が画面を確認し、東咲の肩からホッとしたように力が抜けたのが、遠目にも分かる。

「これ、さっそくアップしておくね。帰り、どっか寄ってく？」

「んー。今日はやることあるから、これで帰るよ」

「うん分かった。お疲れー」

東咲が、ちらっと硝の方を見た気がした。それはともかく、スマホを取り出したら本当にすぐ通知が来た。せっかくなので、さっそく、最新動画を拝見する。

今回は歌ではなく「近所の公園に遊びに来ました」というフリートークだった。ベンチに座ったり、地面から飛び出る噴水と戯れたりと、三分ほどの短いもの。そして、視聴した人からの「可愛い」といったコメントが、読みきれない勢いで流れていく。

「……いいなぁ」

硝は、溜め息混じりに小さく呟いた。こんな他愛のない動画でも、喜んでくれるファンが彼女にはたくさんいる。比べるものではないと分かっていても、どうしても捨てきれない羨望と嫉妬が、胸の内側を掻き毟る。

（だから、それは筋違いだっていうの！）

スマホをポケットに突っ込む。制御できない自分の感情に苛立ち、下を向いて大きく息を吐く。そして再び顔を上げると。

「わぁ⁉」

正面に東咲が立っていた。ちょうど声をかけようとしたところらしい。急に硝が大きな声を出したものだから、片手をあげたポーズで固まっている。

「あ、あぁゴメンなさい。今、卯民さんの……ウタウサギの動画を観てたところだったもんだから。ほら、さっきまでそこで撮ってたやつ」

「見てたの⁉　やだもぉ、恥ずかしいなぁ。南海さんだって、ドラマとかで演技しているところを友達に見学されたら、やりづらいでしょ？」

まったく束咲の言う通り。けれど、彼女の言葉にコンプレックスが逆撫でされた。さっき反省したばかりなのに、人気を妬む心が猛烈な勢いで頭をもたげる。

「うん、そうかもね。でも生憎と、そういう機会に恵まれたことがなくって」

感情のまま嫌味を口走り、すぐ猛烈な後悔に襲われた。才能のある人に嫉妬したところで、報われるわけじゃないと分かっているのに。

「そ、そうだよね。友達が撮影現場に来るなんてこと、そうそうないもんね。知った風なこと言ってごめんなさい」

硝は戸惑った。束咲の方が、恐縮したように肩を竦めている。表情も、いかにも申し訳なさそうな感じ。明らかに皮肉が通じておらず、言葉通りに受け取ったみたいだ。そんな素直な人に苛立ちをぶつけた自分が情けなくなる。

(でもさ、才能や人気が羨ましいのは仕方ないじゃない)

一応、反省はするものの、彼女を傷つけたことに正面から向き合うのを避け、正当化しようとする。そんな自分がますます嫌になり、言葉が胸につかえて出なくなる。しかし、黙っていたらまた泣かせるかもと思い、無理矢理に口をこじ開けた。

「で……でもさ、卯民さんって、見られるのが好きなんじゃなかったの？」

「ち、違うよぉ。裸でいるのが好きなだけで、人前に出るのは苦手って言ったじゃない」

「そうだっけ？」

とにかく発声するのに懸命で、だいぶ見当違いのことを言ってしまった。

でも、拳をぶんぶん上下に振って否定する、ムキになった姿が妙に可愛らしい。おかげで硝も釣られて笑い、少し気持ちが軽くなった。

「南海さんは仲間だと思ったのにぃ……」

「いやいや！　あたしは無理に付き合わされただけで、仲間になった覚えはないよ⁉」

無理にと言われ、東咲が「ひど〜い」と唇を尖らせる。その表情は微笑ましいけれど、硝自身も、その言葉に引っ掛かるものがあった。

「ちょっと気になったんだけど……。それならさ、卯民さんて、ウタウサギを……その、本当はどんな気持ちでやってるの？　見られるのは苦手なんでしょう？」

撮影風景を見て、気になってしまったのだ。本当は嫌なのに気が弱いから言い出せず、友達に無理強いされているのではないかと。すると東咲は、少し不思議そうに首を傾げ、しばらく考えて空。急に納得したように大きく頷いた。

「ああ、もしかして苛められてるとでも思ったの？　それはないない、大丈夫だよ。あの娘たちとは小学校からの付き合いだもん。どっちかっていうと、引っ込み思案な私を心配して、あっちこっち引っ張り回してくれてる感じなの」

「そ、そうなんだ……。友達を悪く言ってごめんなさい」

「ううん。南海さんも、私を心配してくれたんだよね。ありがとう」

友達を疑われたのだから怒っていいのに、素直に感謝してくる彼女に驚きしかない。硝は余計に恥ずかしくなって、何とか話題を逸らすことにした。

「……そういえば、さっき何か用事があるって言ってなかった？」

「うん。南海さんと一緒に帰ろうと思って」

やっぱり、さっき硝を見ていたのだ。気持ちは嬉しいけれど、失礼なことを言って恐縮中の今は、ちょっと気まずい。かといって、彼女が気にしていないのに断るのも不自然。自分の中の後ろめたさに囚われて逃げるに逃げられず、諦めて一緒に歩き始めた。

「そ、そういえば。歌以外の動画もあるんだね。ジャンルを広げていこうってこと？」

「どっちかっていうと、視聴者の興味を繋ぎとめるためみたい。あんまり間が空くと視聴者が減っちゃうんだって。私は言われてやるだけで、内容は完全に友達任せだから」

さっき一緒にいた女の子たちが、ウタウサギのプロデューサーであり、ディレクターというわけだ。歌動画だけでは飽きられると判断し、色々アイデアを練っているんだろう。

「話題を提供し続けなきゃいけないもんね。人気者も大変なんだね」

「うーん……。ああいうので喜んでもらえるのかなぁ」

「いいんじゃない？　コメントもいっぱいついて、可愛い一色だったよ」

役者と違い、配信者には再生数やコメントという目に見える尺度がある。控えめな性格は美点だろうけど、もっと人気を実感してもいいのにと思わずにいられない。

するると、曇り始めた束咲の心境を映したように、空模様が怪しくなる。おや、と思う暇もなく、突然の豪雨が降り注いだ。

「きゃあぁ⁉」

公園にいた親子連れが、悲鳴を上げながら蜘蛛の子を散らすように逃げ惑う。二人も、慌てて公衆トイレの軒下に駆け込んだ。しかし雨宿りに役立つほどの幅はなく、強い雨足に容赦なく晒されて、上から下までびしょ濡れだ。

「参ったなぁ。しばらくやみそうにないし……これじゃバスに乗れないよ」

「どうせ濡れちゃったんだし、私の家まで行っちゃおう」

少し行けば束咲のマンション。でも、こんな格好でお邪魔していいんだろうか。迷っている間に、束咲は硝の手を取り走り出した。

ほんの数分で到着し、彼女は玄関で靴を脱ぎながら硝を招き入れる。

「ささ、上がって上がって」

そう言われても、スカートの裾からは雫(しずく)が滴り落ちているし、靴の中にも雨水が浸食している。躊躇していると、束咲は廊下に濡れた足跡を残しながらバタバタと奥へ行き、タオルを持って戻ってきた。

ここまで来て遠慮しても仕方がない。タオルを受け取り髪の水気を取っていると、束咲は腕を伸ばして、背後のドアをロックする。特に気にすることもなくそれを横目で見ていたら、彼女がいきなり服を脱ぎ始めた。

「ちょ……!?」

目を丸くしている間に、下着まで全部。裸を観るのは初めてじゃないし、裸族なのも知っているけど、予告もなしだとやはり驚く。

「服を乾かすから、南海さんも脱いで脱いで。そのままだと風邪を引いちゃうよ?」

おっしゃる通りではあるけれど、彼女相手だと、どうしても警戒してしまう。とはいえ身体は冷えてきたし、早く快適な状態になりたいのは間違いない。

(どうせ、もっと恥ずかしいところ見られてるんだし!)

覚悟を決めて、彼女に従い一気に服を脱ぎ去った。

まとめて脱いだのが幸いしたのか、束咲は硝のノーパンに気づかなかった。というよりも、色々あって自分でも忘れていた。だから、それはそれでよかったのだけど。

なぜか硝は、バスルームでお湯に浸かっていた。それも束咲と向かい合って。

「…………どうして一緒なの?」

「風邪引いちゃうって言ったじゃない」

身体が冷えているのは彼女も同じ。せっかく好意で助けてくれた相手に、自分が温まるまで待っていろというのも失礼な話だ。

（でもまさか、お風呂まで一緒に入るようになるとは思わなかった）

裸やノーパンで外を歩いたり、エッチな姿を見られるよりは、ずっと健全なはず。けれど、少女のほんのり色づく首筋が妙に色っぽく、喉の渇きを覚える。かといって、下の方に視線を下ろすと、お湯に浮かぶ柔らかそうな半球が目に飛び込んでくる。

（ま……まあ、修学旅行とでも考えればいいのよ。あたしが意識しすぎなだけ）

同性の裸に何を動揺しているのだろう。今はただ身体を温めればいい。そう思っても、浴槽の中で脚が触れ合うだけで、心臓が勝手に高鳴る。

そして、風呂から上がり、リビングへ。服が乾くまでの間、代わりになるものを貸してくれると思ったのだけど、彼女にそんなことを期待するのは間違いだった。

「南海さん、ホットココアでいい？」

「あ、うん。ありがと……」

硝は、一糸纏わぬ全裸でソファに座らされた。暖房が効いているので室温は問題ない。だけど、肌に何も触れていないのが、こんなにも心許ないとは。ひとまず、折り曲げた膝を抱え、精一杯の抵抗を見せる。

「そういえば、大丈夫なの？　こんな格好で……。ご両親とかは？」

「お父さんは海外だし、お母さんは、テレビ関係の人とデートだと思うよ」

「デ……デート⁉」

浮気とか不倫とかの言葉が一瞬で頭を駆け巡る。彼女の困ったように寄せた眉も、その想像を後押しする。

「もちろん本当のデートじゃないよ。営業活動。私をもっとテレビに出したくて、勝手に売り込んでるみたい」

東咲が唇を尖らせる。そういえば撮影所で会った時も、母親をマネージャー気取りとか言っていた。娘が有名人になったのが、よほど嬉しかったんだろう。ただ、本人にその気がないので、心底迷惑そうだ。

「まあ、その分、こうして裸ライフを楽しませてもらってるけどね。それに仲間ができるなんて思ってなかったから、とっても嬉しいの」

聞き捨てならない。彼女の中で、硝が完全に同好の士にされている。

「卯民さんっ、あたしは違……！」

「そうそう、勝手といえばね！　最初の動画を投稿したのもお母さんなのよ⁉」

誤解を解かなくてはと焦る言葉を、東咲の憤りが遮った。

「……あ、そうなの？」

「撮ったのはさっきの友達なんだけど、それをあの子たちの親経由でもらったらしくて、SNSにアップしちゃったの！　本人に無断でだよ？　信じられないと思わない？　私、再生数が凄いことになってるっ聞かされて、初めて知ったんだから！」

「あ、うん……」

文句を一気にまくし立てられて、口を挟むタイミングを完全に逸した。どうやら、その後、母親が後ろ盾となって、友達に動画の続きを作らせているらしい。

「何も、知らない人にまで見せなくてもなぁ……」

小さく漏らした声が、複雑な心境を表していた。本当はあまり目立ちたくない。けれど喜んでくれる友達や母親を思うと、やる気に水を差したくないんだろう。それに、束咲のことを思ってというのを感じているから、余計に本音を言えないのかもしれない。

（この娘が裸になりたがるのって、その板挟みのせいなのかも）

そう思ったら、安易に露出趣味を咎められなくなった。

（……いやいや。それと、あたしが同類扱いされるのは別問題でしょう！）

束咲は仲間を見つけて喜んでいる。このまま付き合ったら、どれだけディープな沼に嵌(は)められるか分かったものじゃない。だからといって、硝だけやめても意味はない。この趣味は、危ない目に遭う確率が高い。別のストレス解消法を見つけてあげなくては。

どうしたものかと考えていたら、身体の方の注意が疎(おろそ)かになっていた。いつの間にか、束咲がソファに乗って四つん這いでにじり寄り、胸元を凝視している。どうしたんだろうと思うと同時に、指先で乳首をツンと突かれた。

「ひゃあっ⁉　な、何するのっ！」

金切り声で抗議したのに、束咲は集中して硝の胸を眺め続けた。

「ど、どうしたの？　胸なんて自分のを見ればいいでしょっ」

硝の言うことを聞いたわけではないだろうけど、今度は自らの胸を両手で揉み出した。

しみじみと眺めたりして、一体何がしたいのだろう。

「あのね、南海さんと私、体型が似てると思わない？」

「へ？　そ、そうかなぁ？」

まったく予想外の話に、戸惑いの声しか出ない。しかも、そんな観点で彼女を見たことがなかったので、同意も否定もできるわけがなかった。

「似てるよぉ。ほら、乳比べしてみよ」

「ち、乳比べ⁉」

束咲が隣に移動し、ピンと背筋を伸ばしてバストを強調してみせた。硝にも同じポーズを取らせ、熱心な目で何度も見比べる。

「ね。大きさといい形といい張り具合といい、そっくりだと思わない？」

「そ、そんなに似てるかな？」

硝には、冷静な判断なんてできなかった。お風呂上がりの少女の肌が、しっとりと濡れている。その眩しさに目を奪われて、比較どころじゃなかったからだ。舐めるような視線を向けて申し訳ないと思うと同時に、裸で並んでいるのが、単純に恥ずかしい。

「やっぱりよく分からないよ。ね、ねぇ……もう服を……」

「じゃあさ、測ってみようよ！　身体測定しよっ！」

言うなり彼女は硝の返事を待たず立ち上がり、どこからかメジャーを取り出してきた。

「冗談でしょ？　勘弁してよ！」

「私も一緒に測るから大丈夫。恥ずかしくないよ！」

　大丈夫じゃないし、恥ずかしいに決まっている。しかし、満面の笑みで迫る彼女の圧に負けて、渋々立ち上がった。

（引っ込み思案とか言ってるくせに、テンションが高くなると突っ走るんだから）

　溜息を吐き、とりあえず下だけは両手で隠す。

「そのポーズじゃ、どこも測れないよ？」

　硝は、再び渋々と、水平に腕を開いた。途端に束咲が目を輝かせる。胸を晒すだけでも恥ずかしいのに、束咲は、目を輝かせて下腹部の叢（くさむら）を見下ろしてきた。

「へぇ……。ここは、南海さんの方がちょっと濃い感じだね」

「そんなこと言わなくていいから！　さっさと終わらせて！」

　何がそんなに満足なのか、彼女はニッコリ微笑んで、メジャーを回した。冷たい感触が乳首に当たり、思わず「う……」と小さく漏らしてしまう。

「えーっとぉ……。ほら見て凄い、私とおんなじ！　トップが八十七センチでアンダーが六十九センチの、Dカップ！」

「だから！　発表しないで！」

　胸を隠して抗議するも、興奮した束咲は聞く耳を持たない。続けて腕周りや脚周り、掌や足のサイズまで計測された。そして束咲は硝が測る。いくらお互いにとはいえ、あちこちを触られ羞恥で身体が竦む。暖房が効いているはずなのに震えが止まらない。

「えーっと最後は……。そういえば、南海さんて身長何センチ？」

「それ普通、最初に聞かない？　百六十センチだよ」

「完全に私とぴったり！　正確にはウエストが二ミリ違うけど、誤差の範囲内だよね！」

どちらがどうかまで言及しないのは、優しさだろうと解釈しておく。でも、彼女が興奮するのも分からないではなかった。顔つきや髪質はまったく違うのに、全身のサイズが驚くほど瓜二つだったのだから。双子だって、ここまで相似形にはならないだろう。

それはさておき、凄い凄いと飛び跳ねる束咲を横目に、硝は大きく息を吐いた。やっと測定プレイから解放されると思ったら、緊張で凝り固まっていた肩から力が抜ける。

「服も乾いただろうし、そろそろおいとまを……」

「これだけ身体がそっくりってことは……アソコの形も似てるのかな」

帰るつもりになっていた硝は、ぼそっと漏らした束咲の言葉を聞き流していた。測り残しがあったところで、もう検証は十分だろう。

「だいたい、アソコってどこ……」

うんざりした口調で質問してから、急に理解できてしまった。なぜ彼女の目が下腹部に向けられているのを。彼女が何を確かめようとしているのかを。

「む……無理無理無理無理ッ！」

髪を振り乱して必死に拒否する。バスト比較だけでも恥ずかしすぎたのに、性器まで見比べようなんて絶対に駄目だ。しかし彼女の目は、これまでで一番爛々と輝いている。

「か、かか、帰るっ。帰ります！　お邪魔しました!!」

「待って！　私のも見せるから、お願い!!」

そういう問題じゃない。これ以上は付き合いきれない。逃げようとする硝の腕に束咲が絡みつく。そこに、ふんわり柔らかい膨らみが押しつけられた。その中で存在感を示す、硬い蕾。ドキリと跳ねた心臓に足止めを食らう。彼女はさらに、肌をねっとりと押しつけながら、耳に熱い息を吹きかけてきた。

「他の子のアソコ……興味ない？」

目だけ動かし、すぐ横の少女の顔を見る。薄い微笑みを湛えた紅い唇。熱く濡れた黒い瞳。妖しい艶気の誘惑に、生唾を飲み込む。

「座って……」

手を引かれ、脱力したようにヘナヘナと、毛足の長い絨毯（じゅうたん）にお尻をついた。

束咲も、向かい合って腰を下ろす。膝を抱えてクスクスと笑みを漏らす。楽しんでいるというより、興奮を抑えきれない様子。その淫靡な雰囲気に、硝の胸も高鳴った。

性器を他人に見せるなんて考えたこともない。それなのに、彼女の視線に晒すことを思い浮かべるだけで、そこが堪らなくウズウズする。

ゆっくりと、束咲が脚を開いた。中心でぱっくり割れた綺麗な亀裂が目に飛び込む。少しだけ陰唇からはみ出した肉襞は愛液で濡れ、唇から舌を覗かせているかのようだ。

（あぁ……）

同性のものに、どんな感想を抱くのだろうと思っていた。硝は、感嘆(かんたん)の溜息を漏らすだけで、ただ見惚れた。自分のだってまともに確認したことがない、女性の性器。ほんの数センチしかない妖しい亀裂に、視線が吸い込まれる。

「……南海さんの、可愛いね」

束咲の上擦った声で我に返った。知らない間に、自分も同じ開脚ポーズを取っていたのだ。しかも、あれだけ拒否しておきながら、彼女のものを凝視していたなんて。

「やだ、あたし……！」

恥じて脚を閉じようとしたら、束咲が身を乗り出して膝を押さえた。そして間近でまじまじと、硝の恥裂を覗き込む。

「やだ、ちょ……待っ……見ちゃ、や……！」

「うーん、よく分からないなぁ。ね、撮って見比べてもいい？」

「はぁっ!?　ありえないでしょ!!」

束咲がスマホを手に取った。見せるのだって無理なのに。何が何でも阻止しなければと強引に脚を閉め、彼女を蹴り飛ばす勢いでバタバタ暴れる。

「大丈夫。私が撮ったのも見せるから」

彼女はスマホを操作して、自分の秘部写真を探し始めた。

「卯民さん、自分の撮ったの!?　見せなくていいからっ。ていうか消しなさいっ！」

スマホを取り上げようとする硝と、奪われまいとする束咲で揉み合いになる。勢い余って彼女を押し倒す格好になった。乳房と乳房が重なって、尖った乳首同士が擦れ合う。

「あんっ」

微かな摩擦に心地いい電流が背筋に走り、思わず二人して仰け反った。その拍子に束咲の指が画面を押したらしい。いきなり変な声が流れ始めた。

──あ、あぁぁ……。あん……ン、あ……。

ぴちゃぴちゃと粘った水音をＢＧＭに、艶やかで切なげに詰まらせる声。我慢しても漏れ出てしまう、秘密めいた吐息。それは、どう聞いても感じている時の彼女の喘ぎ。

スマホを奪い取った硝は、思わず目を丸くして凝視した。束咲が、オナニーしている。場所はこのリビング。ソファの上で脚を広げ、両手で秘部を掻き回している。

「や、やだやだ返して！」

束咲が声をひっくり返してスマホを奪い返した。性器写真は平気で自撮りオナニー動画は駄目だなんて、羞恥ポイントがよく分からない。とはいえ普通は恥ずかしいもの。普通でない体験ばかりさせられたせいで、彼女を変な人だと認識しすぎていたかもしれない。

「ご、ごめんね。そうだよね。でも今ので分かったでしょ。間違ってこんなのが世の中に出たら、取り返しのつかないことになるって。だから早く削除した方が……」

それに、勝手に人のスマホを見たのもよくなかった。取り繕い、謝罪しながら、それとなく忠告する。

「取り返しのつかないこと……」

でも、その最後のひと言が、彼女におかしな考えを閃かせてしまった。

「じゃ、じゃあ……これを配信したら、私、もう目立つことしなくて済むのかなっ⁉」

目を大きく見開いて、スマホを握った両手はぷるぷる震えている。指で画面を突き刺しそうに大きく振りかぶる。硝は、その本気とも冗談ともつかない表情に戦慄した。

「ちょーっ、待ったぁ！　そんなことしたら、別の意味で超有名人になっちゃうよ‼」

一時の気の迷いが、二度と取り返しがつかない事態を招く。硝の切迫感が通じたのか、さすがに束咲も思い留まってスマホを置いた。

（そこまでウタウサギの配信がストレスだったの？）

だったらやめればいいのにと、軽々しくは口にできなかった。みんなの期待に応えたいという気持ちも、きっと本当なのだろうから。

ともかくこれで落ち着いたかといえば、彼女はそんなに甘くなかった。

「じゃあ……代わりに……南海さんが、オナニー……見て」

「………………………はぁっ⁉」

瞬き十回分ほどの時間を費やして、やっと彼女の言葉が頭に届く。

「何でそうなるの⁉　見せなくていいって、何度も言って……」

さすがに憤り腰を浮かせる。それとは反対に、束咲は、ゆっくりと仰向けに寝ころんだ。

硝を見上げる視線の熱さに、思わず固唾を呑んで彼女を眺める。気だるげに左手が置かれたお腹も、揃えて伸ばされた両脚も、照明に照らされ眩しく光る。伸びやかな肢体(したい)は均整がとれていて、これが自分と同じサイズの身体とは、とても思えない。

「見て……」

束咲が、脚を広げた。中心の亀裂が、くちゅっ……と、小さな音を立てて口を開ける。その生々しい色が、匂いが、硝の欲情を煽り、思考を鈍らせた。膝立ちの状態から四つん這いになり、肘を突いて頭を下げる。獲物を狙う猫のような姿勢で、彼女の脚の間ににじり寄り、淫部へと顔を近づける。

瞬きもせず凝視していると、そこに、指が添えられた。割れ目を開くと、陰唇が媚熱で蒸れているのを感じる。柔襞を中指と薬指が撫でるたび、透明な恥液がとろとろと溢れ出す。彼女は目を閉じ、唇をひと舐めして、本格的に速度を上げ始めた。

――くちゅ、くちゅ。ちゅくちゅく、ぐちゅぐちゅ、ぐちゅっ。

指先が淫唇を縦に横にと震わせる。可愛らしい水音が、瞬く間に卑猥な粘着音へと変わっていく。時折引き攣る内腿で、彼女が感じているのが手に取るように分かる。

「あ……あ……。南海さんに見られてるだけで、何倍も……感じるっ。気持ちいいっ」

彼女は目を閉じているので、硝が見ているかどうかなんて定かではないはず。それなのに、まるで視線を感じているかのように秘唇が蠢き、お尻の方まで淫液を垂れ流す。

「卯民さん……すごい……。すごく……やらしい……」

それは、心からの褒め言葉だった。淫靡な唇を丸く捏ね回す、卑猥な動きに目が釘付けになる。それが伝わったのか、束咲は嬉しそうに微笑んで、指を割れ目の上端に移した。

「あぁぁぁウン！」

絶頂したかと思うほど、背中が大きく浮き上がる。その辺りにあるのは、クリトリス。その敏感な肉芽を、円を描いて撫で回し、転がし、自らの手で苛め抜く。ただ、ガクガクと震える腰の動きがあまりに大きくて、見ている方が不安になってきた。

「だ、大丈夫なの？」

「平気……ていうか、すごく……気持ちいぃッ！　み、南海さんも……やってみて？」

蕩けた笑みで束咲が誘う。その表情に硝は気を呑まれ、言われた通り、右手を股間に伸ばした。自然に自慰を始めるけれど、拙い経験の中でも、淫核はまったく未開拓。

「あん、あんっ。ンあぁぁぁッ！」

その時、束咲が呻きのような声を上げた。頭を振り、腰も激しく跳ね回る。そんな過剰な反応を見たら、本当に大丈夫なのか不安がよぎる。それなのに、快感への誘惑に逆らえない。どうしようという迷いを振りきり、指先が勝手に動き始める。

「ふぁぁあぁン⁉」

淫核をひと撫でしただけで嬌声が迸った。鮮烈な電流が、背筋から頭へ、腰から爪先へと一瞬で駆け巡る。背中が窪み、高く上げていたお尻がさらに跳ね上がる。

「ふぁ、ンふぁっ、ひっ、ひぃンッ！　な……何これっ。感じすぎ……ひぃぃっ！」

強烈すぎて頭は拒否するけれど、身体は快感にしがみついた。彼女の喘ぎ声を聞いて、淫裂はとっくにぐっしょり。ぬめりを指で掬い取り、過敏な肉芽に塗り立てる。

「は……ひッ。卯民、さん……助けて……。指、止まらなくて……ンふぁあぅっ」

「いいよ、助けてあげる……」

受け止めきれない快感に悶えると、東咲が微笑みながら身体を起こした。硝の肩に手をかけ仰向けにひっくり返す。そして彼女は、胸を合わせてのし掛かってきた。

「く……うぅンっ」

触れ合った肌に快感が流れ、首を反らせながら小さく呻いた。突き出した乳房と乳首が密着し、気持ちよさに拍車が掛かる。その間も、硝の指は自らの淫核を慰め続ける。

「感じてる南海さんの顔、とっても可愛い……」

「やだ……。見ないで……言わないで………ふぁっ⁉」

うっとりと閉じていた目蓋が全開になった。東咲が自慰に耽る硝の手を払い、代わりに淫核責めを開始したのだ。

「待って、そんな急に……。あたし、そこ、初めて……。もっと優し……くうぅぅっ！」

初めて味わう淫核摩擦は強烈すぎて、快感より苦痛が勝ってしまう。東咲もそれを感じ取ったのか、攻撃の手を少しだけ緩める。その隙にゼイゼイと呼吸を整えていたら、彼女は、おへソを軸に身体を百八十度回転させた。

「ンな……っ⁉」

せっかく整えた息が驚きで詰まった。東咲が、硝の顔を跨いだのだ。当然、恥ずかしい部分が全部丸見え。さっきも鑑賞させられたけど、この至近距離では生々しさのレベルがに胸が震える。肉襞や粘膜の色、恥液の量など、色々なものが細部まで認識できて、あまりの迫力に胸が震える。

「凄ぉい……。ここは、南海さんの方がちょっと小振りかなぁ。あはぁ……可愛い……」

下腹の方から感嘆の吐息が聞こえた。束咲が両手で太腿をこじ開け、硝の股間を覗いていたのだ。彼女のものを見ているのだから、当然、自分の性器も見られているに決まっている。そんな事実に今頃気がつき、頭から湯気が出そうなくらい羞恥心が沸騰した。

「きゃ……………あヒッ⁉」

しかし悲鳴を上げる前に、恥溝を撫でられ喘ぎが迸った。その愛おしげな手つきに身体は悦び、逃げようとする意思をごっそりと削り取られる。むしろ愛撫をしやすいように、自分から大きく脚を開いてしまう。

「あは、嬉しい……。南海さんも私の触って」

「違……っ。あたし、そんなつもりじゃ………はぁんっ」

言葉で否定しても、声は甘く蕩けてしまう。全身を走る快感電流に操られ、硝も束咲の淫部に指を這わせた。中指を濡れ溝に食い込ませ、奥の粘膜を細かくくすぐる。

「ひゃふぅン！」

身体の上で彼女が小さく仰け反った。その反応と可愛らしい声で、硝の胸を歓びが満たす。ただ、迷いも羞恥も完全には払拭できない混沌状態。そんな中にあっても、愛撫したい欲求が膨らんでいった。自分がされているのを真似して、相手の性器を撫で回す。

「はぁ……ほら見て。南海さんのここ、いやらしい液でいっぱぁい。それに、とっても熱い……。襞々も柔らかくなって、私の指に絡みついてくる……」

ほらと言われても、自分のなんて見えるわけがない。それなのに、彼女の淫猥な実況を聞いているうち、目の前の淫裂が自分のものであるかのように錯覚し始めた。彼女に触れると、熱を孕んだ恥襞が指に絡みついて、堪らなく気持ちよくて、自慰か愛撫か分からない不思議な感覚に酔い始める。

「はぁ……はぁぁぁ……っ。ぐちゅぐちゅって……ぐちゅぐちゅって……ふぁぁぁ」

彼女を指で掻き回すと、太腿に挟まれた狭い空間で粘った音が反響する。すると、まるで催眠術にでもかかったみたいに、硝を忘我の境地に誘い込んでいく。ぼんやりと快感にのめり込んでいこうとした次の瞬間、未知の刺激に襲われて目を見開いた。

「ふぁっ⁉」

硝の淫裂を、ぬるっと濡れたものがなぞる。肉襞を押し広げ、搦め捕る、指とは明らかに違う柔らかくて強い感触。

「はぁ……はぁぁぁ……。南海さんの……美味しい……。ん、ちゅる、れろ、れろんっ」

「え……？　そんな……ふぁぁぁっ⁉」

舐めている。束咲が、硝の性器に舌を這わせている。そんな愛撫があるのは知っているけど、自分が受けるなんて想像したこともない。ましてや、同性の女の子からなんて。

「ダメっ、そんなことしちゃ……だめ、だめぇぇぇっ！」

堪らず悲鳴を上げる。首を振り立て金切り声で懇願する。

(だって、こんなの……気持ちよすぎる！)

同性からのクンニリングス。もっと戸惑ってもいいはずなのに、気持ちいい以外、何も考えられない。舌先が小刻みに襞をくすぐり、垂れた蜜を舐め上げる。ビリビリと痺れる快感に身体を貫かれ、爪先がピンと伸びる。

「ぺろ、れろれろ、ちゅぱ、じゅるるるっ」

「ふぁっ、あぅっ。そんな……こんなの……ひ、ひぁッ」

いやらしいディープキスに、腰は左右に捩じれるし、膝がジタバタ暴れ回る。ただ、激しい快感に苛まれるほど、硝の頭にひとつの疑問が浮かんできた。

指ならオナニーでいくらでも練習できる。でも、こんなに悶えさせられるほどの舌愛撫を、彼女はどこで覚えたのだろう。まさか、他の誰かと経験済みなんじゃないだろうか。

想像し始めたらとまらない。胸がザワザワ騒がしくなる。

「う、卯民さん……っ。こんなこと、いつも、誰と……」

もし具体的な名前が出たら、どうしたらいいんだろう。でも、聞かずにはいられなかった。モヤモヤしたままでは気持ちよくなりきれない。すると彼女は大きく恥裂をひと舐めし、ベタベタの唇で微笑みながら振り返った。

「もちろん、初めてだよ。前からやってみたかったんだ。ん……ちゅ、じゅるるるっ」

「でも……それなら、なんでこんなに上手なの……⁉」

「それは……想像しながら指を舐めて練習して……言わせないでよ、もうっ」

「じゃあ本当に、あたしが……初めて……。ふぁっ、ふぁあぁぁぁン」

束咲が恥ずかしそうに身を捩らせる。確かに彼女は、やっと裸仲間ができたと喜んでいた。それに、何人も相手にできるほど器用な子じゃない。

納得した瞬間、胸のつかえが吹っ飛んだ。唇と舌の愛撫を受け入れ、快感にのめり込む。

「あっ、あっ、あんっ。凄い……凄いっ！」

「南海さんも……んっ。私のを……ちゅっ」

束咲が、お尻を振っておねだりする。硝は何も考えず彼女の秘裂に吸いついた。淫唇と口づけし、粘膜を舐め回す。こんな愛撫をされるどころか、自分がする方になるなんて。しかし、舌に絡みつく肉襞が気持ちいい。我を忘れてしゃぶり回す。

「ひぁん！　南海さん、それいい！　あんっ、奥、もっと……ンあぁぁぁっ！」

やり方なんて何も知らず、ただ束咲の真似しているだけ。それでも、上擦る甘い喘ぎが初心者を励ます。しかも、重なり合った硝の上で、彼女が小刻みに震え始めた。

(卯民さん、あたしので気持ちよくなってくれてる……！)

そう思うだけで胸が昂揚する。もっと快感を与えたくなって、淫核に狙いを定めた。恥裂をなぞり、頂点部にあるはずの突起を探る。

しかし、束咲の方が早かった。硝の淫核を掘り返し、舌で左右に弾いたのだ。

「ひぁっ、ひぃぃぃッ!?」

強烈な快感が頭を貫いた。快感の火花が頭で弾ける。左右のかかとが交互に床を叩く。

(こんなの……すぐにイッちゃう!)

だけど、自分だけ気持ちよくなるわけにはいかない。硝は彼女のお尻に指を食い込ませると、思いきり淫裂に吸いついた。すると偶然、舌先が淫核に当たった。この機を逃すまいと夢中で吸引し、彼女の真似をして左右に転がす。

「ひぁン!? そこダメ、ダメっ! 私、そこ弱い……んンッ!!」

悶えながら、束咲もクリトリスへの攻撃を再開する。二人は自分より先に相手を絶頂させようと、夢中で舌を動かした。

「あ、はぁぁ……。ん、あ、れろ、れろれろっ」

口に恥蜜が流れ込んでくる。それを息継ぎと一緒に飲んでしまう。どこか生々しくて、絶対に美味ではないはず。硝は構わず舌で掻き集め、喉へと流し込む。

「あふ、あぷ……ん、んぐっ」

「あんっ、あんっ。南海さん……南海さんっ!」

愛液を求める動きが激しい愛撫になったのか、束咲の声が急に切迫してきた。甘いのに甲高い、欲情まみれの音色に当てられて、硝の身体も一気に昂る。快感の最高潮に向かって、下半身も上半身もゾクゾクが駆け回る。

「あらひ……もうすぐ……すぐ、すぐ……キちゃう!」

呂律が回らない。言葉もまともに出てこない。その分の全神経を、性的な本能が愛撫と

快感の追求に回す。

「だめ、南海さんっ。もっと、もっと強く吸って……舐めて……ああ、もう……もうっ」

「卯民さんもっ！　あんっ、ンあぁぁぁんっ」

悲鳴とも喘ぎともつかない嬌声と、濡れ淫裂が奏でる卑猥な水音が響き渡る。絶頂間近の淫らな熱気がリビングを満たす。

「イク……イク、南海サンっ、もう……！……ンあぁぁぁっ‼」

「あたしもっ、卯民さんっ！　あたしも、イッ……きゅううぅぅッ‼」

これまでにない悦びが背筋を貫いた。二人は互いの淫唇に唇を押しつけながら、全身を真っ直ぐ突っ張らせる。重なり合った肢体が、ビクビクと細かく痙攣する。収縮する淫裂から断続的に蜜が噴き出し、互いの顔をぐしょぐしょに濡らしていく。

「やんっ、ごめんなさい卯民さんっ。でも……ふぁ、ふぁ、ンあぁぁぁ……」

「私こそ、あん、とまらなくて……あん、またイク……はぅ、うぁ、はぁぁぁうっ」

失禁のような振動で、再び絶頂に飛ばされる。反り返るような痙攣を何度も繰り返す。

「は、ひ……ん、はぁぁ……。こ、こんなに……凄いの……初めて……」

絶頂快感が収まらない中、硝の太腿を枕に、束咲が満足そうに喘いだ。顔は見えなくても、その声だけで、蕩けた笑みを浮かべているのが分かる。そして硝も、初めて知った淫核絶頂の快感に酔い痴れながら、のし掛かる彼女の体重を心地よく受け止めた。

第3章　撮影中に脱ぐなんてありえません

「あたし、なんてことを……」

　朿咲宅での雨宿りエッチから帰宅し、ふわふわした気分から現実に戻るにつれ、硝は、顔が蒼褪めていくのを感じた。

　彼女との愛撫に耽ったこと自体もだけど、問題はその中身。唇で性器に口づける愛撫。卑猥なキスを思い出し、部屋の真ん中で四つん這いになって頭を垂れる。

「まだ本当のキスもしたことなかったのに!!」

　もし順調に女優業を続けていれば、好きでもない相手とのキスシーンだってあるかもしれない。まだそんな覚悟なんてできていないにしても、それとこれとは別問題。

「だ、大丈夫。これはキスのうちに入らないから。ファーストキスはまだだから！」

　立ち直るため、硝は、何度も自分に言い聞かせた。


　朿咲との愛撫は、別に嫌じゃない。彼女のストレス緩和になるならば、散歩に付き合うのもやぶさかではなかった。ただそれも、あくまで裸でなければの話。

「あん……ふぁ、んっ……ンッ」

　深夜、二人は小学校の校庭に入り込んでいた。今年の春に廃校になったばかりで、次の使い道を検討中という場所だ。当然、門扉には「立入禁止」の札が下げられている。

「ねえ、勝手に入ったらダメなんじゃないの？」

「だ……だから丁度いいんじゃない。それに……タバコ吸ったりお酒飲んだり、花火して騒いだりするわけじゃないから……大目に見てもらおうよ」

　心配する硝に束咲が平然と微笑むけれど、ある意味、それらの行為より質が悪いことをしている気がする。

　束咲は、昇降口のガラス戸にもたれかかり、オナニーしていた。今夜は少し肌寒いので着衣だけど、パーカーの前を広げ、Ｔシャツを捲り上げ、露わになった自分の乳房を揉みしだいている。しかもパンツは最初から穿いてきていないから、事実上、裸と大差ない。

「んっ、はぁぁぁ……。気持ちいい……。ねえ、見てる？　見えてる……？」

「もちろん見えてるよ。おっぱいも、アソコも全部」

　蕩けた声で束咲が尋ねる。硝はそれを、彼女のスマホで撮影していた。上気した表情から涎（よだれ）で濡れた唇に寄り、硬くなった乳首を大写しにして、指が蠢く秘部へとレンズを移動させる。演技の勉強で習ったカメラワークが、皮肉にもこんな場所で活用されていた。

　もちろん、冷静に撮影できているわけじゃない。手振れ補正機能をもってしても若干のブレが生じるほど、手が震えている。

（どうして、こんなの撮らなくちゃいけないの？）

　心の中で文句を連ねながら、画面からは一時も目を離さない。襞を震わす指の動きも、

掻き回される恥蜜の音も、余すところなく記録していく。

「今さらなんだけどさ、本当にこんなもの残していいの？」

「誰かに見せるわけじゃないもん。それより……あっ……で、出そう……！」

束咲のか細くなった声で察した硝は、咄嗟に一歩下がった。その直後、彼女の恥裂から水流が迸った。綺麗な弧を描き、低い階段に水溜まりを作っていく。

「あんっ。撮られちゃってるっ。おしっこしてるとこ、見られて……ふぁぁんっ」

羞恥で軽く達したらしく、束咲のお尻が強張って跳ねた。噴水の弧も小さく上下する。

そして、唇を半開きにして閉じた睫毛を震わせる、見るからに気持ちよさそうな表情。

顔とおしっこのどちらを撮ればいいか迷った挙句、硝は引きの画で全体を映した。撮り直しなんてできない生の瞬間。全部を押さえるしか選択肢がないだろう。

（……って、何で真面目にカット割りとか気にしてるのよっ）

自分で自分に突っ込むけれど、何か考えていないと、冷静さを保てそうにない。女の子のオナニーやおしっこを正面から捉えるなんて、普通は同性でもありえないからだ。ましてや、束咲のような美少女となれば、なおのこと。

（ううっ……。お股、ウズウズするぅ……）

性欲を抑制していた頃の硝なら、彼女の痴態に眉を顰めていただろう。でも今は、欲情に呑み込まれそうだ。スマホなんか放り出し、疼く身体を慰めたくて仕方ない。

ふと、目線を上げて束咲を見ると、束咲が愉快そうに細めた目で硝を見ていた。

「……南海さん、私のおしっこで興奮しちゃった？」

彼女の含み笑いで、慌てて脚を閉じる。そんな反応をしたらスカートの内側を意識しているのが丸わかり。今度は声を出してクスクス笑われた。口元に指を当てた仕種だけ見れば上品なお嬢様だけど、服を着崩し肌の大半を露出させ、アンバランスさが甚だしい。

「南海さんも、そこ、すっきりさせたいでしょ？」

「え、いや、あたしは大丈夫っ。ほら、これっ、ちゃんと、撮れてると、思うよっ⁉」

胸元をはだけたまま立ち上がる束咲に、なぜかカタコトになってスマホを手渡した。彼女がポケットに仕舞うのを見届ける前に、回れ右して走り出す。もちろん、今夜はこれで勘弁してもらうため。だけど欲情で足がもつれて、思うように進まない。

「逃がさないよぉ」

即座に捕まり背後から抱きつかれた。流れるような動きで右手がスカートの中へ。彼女と同様に下着をつけていない下腹部へ、阻止する間もなく侵入を許す。

「あぅん」

恥溝をひと撫でされ、甘美な電流が瞬時に広がった。頭が仰け反り、伸び上がった脚が爪先立ちになる。背中を彼女の胸に預ける格好で、快感に身震いする。ただ、ここは校庭のほぼ中央。なまじ逃げたりしたせいで、外部から見えやすい場所で嬲(なぶ)られることに。

「ま、待って……！　もっと見えないところ……ふぁんっ」

せめて人目のないところでと訴えたら、耳朶を甘噛みされた。尿意にも似た淡い疼きが股間を襲う。その焦燥感が、さらに欲情を煽り立てる。

「や……やっぱりダメっ。お願いだから、どこか、別の……はぁうッ！」

鋭い喘ぎが一帯に響いた。咄嗟に束咲が口を塞ぐ。

「あんまり大きな声を出すと、本当に恥ずかしいことになっちゃうよ？」

そうと分かっているなら早く移動すればいいのに、一向にその気配はなく、むしろ本格的に愛撫を始めた。広いグラウンドの真ん中だ、無遠慮な指が陰唇をまさぐってくる。

「くふンッ、んむぅぅぅン！」

塀の外には車道も歩道も通っている。たとえ裸でなくても、立入禁止の場所にいるだけで大問題だ。必死に身じろぎして彼女を引き離そうとする。

「み、見つかったら叱られるだけじゃ済まないよっ!?　だから、ね？　場所を変えよう。そ、その代わり……いっぱいエッチなことしていいから！」

「本当!?　分かった！」

焦りに追い詰められて、心にもない妥協案を口走ってしまう。しかし束咲は弾んだ声で承諾すると、敷地内を一瞥(いちべつ)しただけで哨の手を引っ張って走り始めた。訂正する間も与えてくれないほどの、即座にスポットを探り当てる鋭い嗅覚。さすがだと感心したり呆れたりしながら、おとなしくついて行ったら。

「校舎裏!?　ここじゃ校庭と変わんないよ。できれば屋根と壁があるところで……」

「中に入れるとこなんて、あるわけないでしょ」

「……ごもっともです」

当たり前のことを言い返されて納得してしまった。とはいえ屋外エッチに付き合う義理はないわけで、帰りたいと主張すれば、束咲だって無理強いはしないだろう。

「じゃ、さっきの続きね……」

それなのに、背中から甘く囁かれるだけで、身体が熱く震えた。さらに股間の縦溝を撫で上げられ、快感に意識が搦め捕られたところに、耳朶を唇で甘噛みされた。

「ふわぁぁぁ……」

柔らかな感触が、硝の口から蕩けた喘ぎを搾り出す。下の唇もだらしなく緩み、粘りの強い涎を垂らす。

「すっごい。南海さんのやらしいおツユで、私の指、ぐっしょりだよ」

「言わない……で、ふぁっ」

Ｔシャツの裾から束咲の左手が潜り込み、乳房を鷲掴みにした。もちろん、そこはノーブラおっぱい。硬く尖った乳首を、軽く痛みを感じるほど摘み上げられる。

「きゃうンッ」

仔犬のような硝の鳴き声を聞きながら、束咲は再び膨らみを包み、捏うようにゆっくりと揉みしだいた。恥溝も同じペースで撫でられて、上下からの快感が、身体の内側でゆっくりと混ざり合う。

「南海さん、気持ちいい？」

耳をくすぐる熱い息の問いかけに、ぎこちなくコクコク頷いた。全身を炙る媚熱が、我を忘れそうにさせる。だけど、剥き出しのお腹を撫でる風が、塀の向こうを明るく照らす車のヘッドライトが、外で淫らな行為をしているのだと思い知らせてくる。

「ふぁ……？　ふぁあぁぁぁ……！」

それを意識した途端、下半身に緊張が走った。以前も感じた、尿意を伴う焦燥。しかし今や、それは硝にとって絶頂への呼び水のようなものだった。焦れば焦るほど、危機感を煽られれば煽られるほど、快感が増大していく。

「はぁぁぁ……あぁぁぁ……っ。もっと、もっと強くして……。卯民さん……！」

背後の彼女の首に腕を回し、激しい愛撫を要求する。でもすぐには応じてくれず、からかうように微笑むだけ。それどころか、恥溝を撫でるスピードが緩くなった。

「もうちょっと楽しもうよ。せっかく南海さんの希望通り、あんまり面白くないところで遊んでるんだから」

「そ、そんな……」

廃校の校舎裏だって、肌を晒すには十分すぎるほどリスキーな場所。裸族の基準で語られても困る。まだイカせてもらえないと思った途端、欲求不満が胎内に渦巻いた。くすぐるだけの手ぬるい愛撫では、とてもじゃないけど満足できない。

「お願いしますっ！　何でもしますから！」

「じゃあ……南海さんもおしっこ見せてくれるなら、イカせてあげる」

「え、や……。でも、あぁ……。見せる！　見せます……ンあぁぁはぁッ!!」

絶頂したいあまり、恥辱的な要求を呑んでしまう。とはいえ、実のところ請われるまでもなかった。あそこはすでに我慢の限界が近い。今にも漏れそうなほど切迫している。まるでそれを見抜いていたかのように、束咲の指がいきなり激しく蠢いた。

「ふぁあぅ、はあぁぁうんっ！」

悦びが背筋を駆け上がる。束咲の肩に後頭部を預け、背中や腰を前後に踊らせる。そうするつもりはなくても、彼女の動きに合わせて身体が勝手に動いてしまう。

「南海さんの腰、凄くやらしい。ふふ、エッチだなぁ」

「エ、エッチじゃないもん……っ。やらしくなんか……ふぁっ、ンふぁ、あぁんっ」

否定しても腰はうねるし、甘えた声も漏れ続ける。閉じた目から涙を流しながら、それでも自分を嬲る手から逃れられない。むしろ、今度こそ絶頂できるという期待が胸の中で膨らんで、自ら開脚して指を受け入れた。

（あ、そこいい……。襞々いじめられるの……凄くっ、いいッ！）

淫唇を震わされ、淫核を弾かれて、快感の頂点に向かって一気に走り出す。

「南海さん、ちゃんと目を開けて」

恥裂を嬲りながら束咲が促してきた。意図は明白。屋外であることを意識させようとしているのだ。そんな誘いに乗るもんか――なんて意地を張るまでもなく、快感に酔い痴れすぎて目蓋が重い。それでも彼女は、耳朶を舐めるような執拗(しつよう)さで囁き続けた。

「ねぇ……街の灯りがいっぱいだよ。あの明るい窓から、一人でもこっちを見てたら、どうなるのかな。あ、すっごい望遠レンズのカメラ発見。私たちを撮ってるのかも」

声を弾ませているけれど、これはただの妄想による挑発。わざわざ外部から少しは見えにくい場所に移動したのだから、覗きなんて見えるわけがない。

それなのに、そうと分かっているのに、彼女の語る風景を頭が勝手に描き始める。

遠くの窓に人物のシルエット。大きなレンズを付けたカメラを構え、カシャカシャとシャッター音を立てて連写している。半裸に剥かれ、同性の子の愛撫に悶える自分の姿が、無数の写真に収められている。

「あ、あっちの人はスマホ構えてる！　南海さんがイッちゃう瞬間、動画でばっちり撮られちゃう！」

「ふぁあぁぁ……。はぁぁぁぁっ！」

妄想が快感を滾（たぎ）らせた。全身を熱い痺れが駆け巡る。

「ふぁっ。イッちゃう、あぁぁぁイク、飛んじゃうっ」

爪先立ちで身体が伸び上がる。腰が前後左右に跳ね回る。暴れる硝を支えながら、束咲は、なお一層激しく淫裂を震わせる。

「いいよ。イッちゃえ南海さんっ」

「イクっ、イクけど……あぁダメっ！　出ちゃう！　お願いトイレに……出ちゃうッ!!」

からかう声がとどめとなって、耐え続けていた尿意が決壊した。開いた脚の間で水流が地面を叩く。彼女は指で放出口を掻き回しながら、興奮で声を上擦らせる。

「凄い勢いっ。あぁぁ……南海さんのおしっこ姿、何回見ても可愛い」

「いやっ！　いやいや、こんな……やぁぁぁぁんっ！」

何度見られても恥ずかしさで涙が溢れる。それなのに心が躍る。出すものを出しきってもなお、何度も腰を突き上げて絶頂を貪ってしまう。

「すごいすごぉい！　南海さん、まだイッちゃうの⁉」

「やぁぁぁんっ、またイッちゃ……イクっ、またイッて……ふぁ、ふぁ、ンあぁぁッ！」

東咲の楽しそうな声が、辱めという名の悦びになる。硝は絶頂から降りられなくなり、彼女の腕の中で悦びに打ち震え続けた。


それから数週間、二人は折を見て、というより、毎日のように夜の散歩を繰り返した。東咲の卑猥な画像も順調に溜まっていく。

（あの娘の露出癖を治してあげるはずだったのに……）

それどころか、硝の方が彼女の世界に引きずり込まれつつある。このままではいけないと思うのに、打開策を見出せず、悶々とした日が続く。

そんなある日の放課後。事務所に来るように言われていた硝は、帰り支度を急いだ。

ところが、教室を出る前に一人の女生徒から声をかけられた。同じクラスではないけれど、見覚えがある。ウタウサギの動画でディレクションをしていた子だ。

「南海さん、東咲どこにいるか知らない？」

「卯民さん？　そういえば……いないな」

急いでいる硝より早く姿を消すなんて、おっとりした彼女らしくない機敏さだ。

「分からないけど……でも、どうしてあたしに聞くの？」

「だって、いつも一緒にいるから」

聞いた話では、彼女の方が友達歴は圧倒的に長い。そんな人の目にも親しいと認識されるほど、仲良しに見えるんだろうか。

「見かけたら、いつものところに集合って言ってくれる？　それで通じるから」

「うん。あ、でも……」

今から帰るから会えないと思う、と付け加える前に、彼女は行ってしまった。

「まあ……もし見かけたらって話だし」

東咲の机の上にはバッグが置きっぱなし。まだ校内にいるわけで、あの友達もどこかで見つけるだろう。そう思うのに、何だか妙に嫌な予感が胸をよぎる。

「一応、ちょっとだけ捜してみよう……かな」

時間を確認すると、五分だけなら捜索に使えそうだ。よいしょとリュックを背負い、上の階から順に降りていくことにする。

「……といっても、あの娘の校内の居場所とか、よく分かんないな。夜の散歩コースならいくつか把握してるんだけど」

要りもしない知識を得てしまったことを嘆きながら、他の教室を覗き歩く。

結果から言えば、一階から捜せばよかった。一階から二階への階段下の物置スペースで、人目を逃れるように身を潜めていたのだ。

「目立つパーカーなのに見当たらないと思ったら。こんな場所で何やってるの？」

東咲は、見開いた目でスマホを凝視していた。はぁはぁと息を荒らげ、人差し指を画面に近づけては離すを繰り返す。集中しすぎて、硝が話しかけたのも気づいていない。緊張感みなぎるというか、ただならないその様子に不安を掻き立てられる。

「一体、何を見て……ブッ」

こっそり覗いて噴き出した。先日の廃校でのオナニー写真を、今まさに投稿しようとしているところだったのだ。

「だ、だめぇっ！」

スマホを奪い取られて、彼女は初めて硝を認識した。

「あれ？　南海さん、どうしたの」

「それはこっちのセリフだよ！　こんなもの世界中に公表する気⁉」

危険な画像を流せばウタウサギをやめられる、なんてことを前に言っていたけど、ついに実行してしまうつもりなのか。

「しないよぉ。そのギリギリ感を楽しんでただけ」

「だけって……。手が滑って投稿しちゃったら、取り返しがつかないんだよ⁉」

卯民東咲
投稿

廊下を歩いていた生徒が振り返るほどの声で叱る。さすがに束咲も唖然となって、素直に「ごめんなさい」と頭を下げた。

「あ、いや……。あたしこそ厳しく言いすぎた」

しかし、そうでもしないと、いつか本当に彼女が過ちを犯しそうで、怖い。

(ひとりエッチ画像を投稿なんて……。まさか……脱ぎたがりから見せたがりに進化したとでもいうの⁉)

その表現が正しいかはともかく、だとすれば好ましい変化ではない。できればこの場でもっと釘を刺しておきたいけど、生憎と時間切れ。そろそろ事務所に行かなければ。

「この件は後でみっちり話し合うからね。それまでは絶対に変な気を起こさないでね！」

事務所に向かう道中、硝は後悔に苛まれた。最後の言葉はきつすぎたんじゃないだろうか、彼女を傷つけてしまったんじゃないだろうか、などなど。

「でも、どうしてあんな暴挙を……。やっぱり、裸になるだけじゃ満足できなくなったのかな。ああいった趣味って、エスカレートするものみたいだし」

それとも――と、彼女の事情や心情に考えを巡らせる。

「何か、ストレスになるきっかけがあったのかな。だとしたら、もっと優しくしてあげた方がよかったのかなぁ」

あれこれ考えたところで、どうせ想像の域を出ない。後で本人に確かめればいいことだと、気持ちを仕事モードに切り替える。

しかし、事務所でマネージャーから聞かされた話で、またも平静を失うことになった。

「え……映画ですか⁉　映画って、映画館で上映する、あの？」

「そう。その、映画のオーディションを受けないかって話。それも全国公開規模の」

渡された企画書は、確かに商業用劇映画。そんな大きな仕事が自分に来るなんて思っていなかったので、まだ現実のものとして受け止めきれない。

（ついに……ついに、あたしにもビッグチャンスが！）

Ａ４数枚の紙の束を持つ手が、興奮でぶるぶる震える。まだオーディションの話を聞いただけなのに、もう受かった気でいる。

「地方の女子校を舞台にした、ドッペルゲンガーが主題のサイコホラーよ。主な出演者はみんな女の子。主役はもう決まっていて……というか、その子のための企画ね。あなたが受けるのは、主人公の親友役」

マネージャーの流れるような説明も、ほとんど耳に入ってこない。とりあえず、企画書の一枚目を、深呼吸しながらゆっくりめくる。しかし、そこに書かれていた主役を務める少女の名前を見て、興奮が戸惑いへと塗り替わった。

「ウタ……ウサギ？」

「あなたも聞いたことあるでしょ？　最近話題の、動画配信者よ」

「あ、はい……。もちろん、知ってはいます……けど……」

硝は曖昧に答えた。こんな名前を名乗っている子を他に知らないので、人違いということはないはず。ただ、現実味が薄かった。硝のよく知る卯民束咲は、内気でエッチで、とても映画の主役を張れる子じゃない。あの娘が映画館のスクリーンで大写しになっているところなんて、想像できなかった。

（……違う）

心の中で首を振って、自分のまやかしを非難する。現実として受け止められないのは、そんなことじゃない。彼女が映画の主役であるという事実、そのもの。知名度で大きく差をつけられたのに、役者という自分のフィールドでも、軽々と先を越されてしまった。

「それから、そこにも書いてある通り、主題歌がウタウサギさんなのも決定事項よ」

「まあ、そうですよね」

悔しさ、嫉妬。醜い気持ちが胸の中で渦巻くのを、ありありと感じる。彼女の才能を羨んだところで差が埋まるわけじゃない。そう分かっていても、マイナス方向に振れた感情は簡単には制御できない。

「で、どうする？　このオーディション受ける？」

ウタウサギが主役でなければ、二つ返事で了承していただろう。だけど、彼女が一緒の現場にいる限り、きっと嫉妬に悩まされ続ける。

（そういうのを考えるは、オーディションに受かってからだ！）

躊躇していたら、やる気がないと見なされる。せっかくの大きなチャンスを逃してしまう。受かるかどうかなんて分からないのに、断る理由なんてない。

「やります！　オーディション、受けます！」


翌日、中庭でお弁当を食べながら映画の話を東咲にしたら、その件には触れて欲しくなさそうに「はぁぁぁぁ〜」と深い深い溜息を吐かれた。

「どうして黙ってたの？」

「まだ誰にも言っちゃダメって、お母さんとか、映画会社の人とかが……」

公式発表前のリークは業界的にご法度。彼女のことだから、真面目に秘密を守っていたんだろう。もちろんそれは正しい姿勢で、硝の立場で暴露を勧めてはいけないのだけど、それでもやはり、個人的には水くさいと思わないでもない。

ただ、東咲が黙っていたのは、人に言われたのだけが理由ではなかった。

「このお仕事、本当は迷ってたから……」

出るのが嫌だったのだろうか。ネットの動画でさえ本当は乗り気でないのだから。そう尋ねると、東咲は「それもあるけど……」と遠慮がちに口を開いた。

「私みたいな素人が主役なんて……。南海さんのお仕事のフィールドに土足で踏み込むみたいで、よくない気がして……。でも、せっかくのお話を断るのも悪いし……」

色々な大人たちから、期待を寄せられる話をされたんだろう。母親の日々の営業活動の成果を無駄にしたくないという気持ちもあるようだ。言葉から苦悩が滲み出ている。

（あたしって、思いやりが足りないなぁ……）

いきなり映画の主演なんて言われて困惑しているだろうに、彼女は、母親や関係者、そして硝など、色々な方面に気を遣っている。それなのに自分は、オーディションの話をされただけで才能がどうとか嫉妬とか、つまらないことばかり考えて。

（あ、もしかして……。趣味がエスカレートしたのって、このお仕事のせい？）

企画書段階ならともかく、キャストオーディションまで進んだとなると、束咲が拒否できる段階は終わっている。相当な重圧を感じたはずで、そのストレスが露出趣味に悪影響を及ぼしたのだろう。こんな状態で現場に出たら、どうなるか想像もつかない。

（これは……あたしがついていてあげなくちゃ）

となれば、何が何でもオーディションに落ちるわけにはいかなくなった。硝の肩にも、新たなプレッシャーがのし掛かる。

オーディションは、製作会社ビルの会議室で行われた。控室から数人ずつ呼ばれ、抜粋されたシーンを演じるというもの。ダメ元のつもりであれば思いきった演技もできたかもしれないのに、絶対に合格しなければと思うと、変な力みが入ってしまう。

「──あなた、何か知ってることがあるんじゃないの？」

今回の映画は、人間と瓜二つの幽鬼──ドッペルゲンガーが、女子校内で連続殺人を起こすという内容。ここで演じるのは、主人公の親友が事件の真相に気づき、黒幕と思しき人物に詰め寄る場面だ。

しかし、硝は意外な苦戦を強いられた。見せた演技に対し、少し怒りを抑制してとか、もう少し悲しみを強めにとか、本番さながらの要求をされる。大抵は登場人物に役者が合っているかを見極めるだけなので、ここまで細やかな心理描写は必要とされない。

（想定外だよぉ。こんなことなら、もっとしっかり準備してくるんだったぁ）

心の中で泣き言を漏らす。ホラーだし、アイドル映画みたいなものだし、演技パターンはこんな感じだろう程度にしか考えてこなかったのだ。

（……もしかして、あたしが落ちまくってるのって、そういう先入観のせい？）

だとすれば、こんな大事な場面に臨む前に気づきたかった。

演技の後は、ちょっとした面談。その中で、気になる質問をされた。

「君、ウタウサギと同じ学校なんだね。友達なの？」

「あ、はい。同じクラスです」

スタッフ側は東咲の正体を把握している。必然的に、硝が同級生ということも分かったはず。監督やプロデューサーが顔を突き合わせ、何か話し合っている。

「はい、お疲れ様です。連絡をお待ちください」

「……ありがとうございました」

主演と知り合いということが、どう判断されたんだろう。そもそも演技はどうだったのか。手応えを得られないまま、終了を告げられる。でも、まだオーディションは終わってていない。ふて腐れたり落ち込んだりしたら、それだけで印象を悪くする。気を張って丁寧に一礼し、ドアに向かう。

「……ああ、君。ちょっと待って」

その背中に、何かに気づいたような監督の声がかけられた。

親友役には落ちた。でも、クラスメイト役の一人には滑り込んだ。

そして、硝は、他に特別な役目を仰せつかったのだった。

「ボディダブル……て、何？」

「今回の場合だと、主役の吹き替えかな。この映画って、ドッペルゲンガーっていう人間そっくりの幽霊が出てくるから、卯民さんが二役をやる場面が多いでしょ？　その二役が向かい合った時に、バックショット——背中から映される方を、あたしが演じるの」

束咲の家のリビングで台本を開き、該当しそうな場面を指しながら説明する。二人とも絨毯に腰を下ろし、テーブルの上で頭を突き合わせる。

「少し練習してみようか。卯民さん、本格的な演技は初めてでしょ？」

「う、うんっ。プロに指導してもらえるなら、心強いよっ」

「そんな、プロだなんて……」

苦笑し、否定しようとして、思い直した。確かに胸を張れるほどの実績はないけれど、現場でそんな甘えは通用しない。それに、これから慣れない映画の世界に飛び込まなくてはいけない彼女にとって、頼りになるのは硝だけだ。

（こんなに真剣な顔してるんだもん。応えてあげなくちゃ）

そんなわけで自主練を始めたのだけど、想像以上に苦戦する羽目になった。

東咲が、とにかく大根役者だったのだ。

「じゃあ、さっきのとこ、もう一回ね。『ねえ、聞いた？　幽霊が出るって噂』」

「『な、なにそれ。はつみみなんだけど』」

硝は目眩を起こす。どこにもアクセントがない、典型的な棒読み。

（これ、絶対にネットで叩かれるやつだー）

この映画自体、ウタウサギ人気の便乗企画。何かの力が働いた、ゴリ押しと考える人もいるだろう。そこへきて当人の演技が素人丸出しとなれば、格好の攻撃材料。動画配信者として危うくなりかねない。

（卯民さんは最初からやる気ないし、それでもいいって考えるかもしれないけど……）

そんな展開は配信仲間が望まないだろうし、硝だって嫌だ。

「よし、特訓だ！　あたし、心を鬼にして卯民さんを鍛えるから！」

自分が受けたレッスンを参考に、抑揚の付け方、感情の込め方などを指導してみた。

「はい、もう一回！」

「な、な……なんですっちぇ……。あ、ごめん」

しかし上達するどころか、より下手になって噛みまくり。早く何とかしなくてはという硝の焦りが伝わって、東咲を緊張させてしまっている。彼女もそれを自覚したのか、腕組みして「う～ん」と唸る。そして何か思いついたのか、急に勢いよく立ち上がった。

「私、パンツ脱いでみる！」

言うなりスカートの中に手を突っ込んで、白い下着を脱ぎ去った。どうしてそんな結論に至ったのか、硝に考える時間さえ与えない早業で。

「ふざけてるの⁉　これは大事な仕事の準備なんだよ？　趣味と一緒にしないで！」

「ふざけてないよっ。大真面目だよ！」

色めき立って腰を浮かせかける硝に、彼女は片頬を膨らませながら台本を手に取った。そして、さっきのところをもう一度と指示してくるので、仕方なく従う。

「……ねえ、聞いた？　幽霊が出るって噂」

「何それ。初耳なんだけど」

硝は、唖然として演技を続けられなかった。東咲が急に流暢（りゅうちょう）になった。まるで別人のように。一体どんな効果によるものなのか、他のセリフも問題ないレベルになっている。

「よしっ。やっぱり私はこっちの方が調子いいみたい。本番もこれでいくから！」

「そ、そんなわけないでしょっ⁉　ていうか、絶対だめー！」

他のキャストとの顔合わせ、台本の読み合わせ、リハーサルに衣装合わせなどの前準備を経て、夏休み、ついにクランクインとなった。

ロケ地は、ひなびた温泉地に近い、廃校となった高校の校舎。多くの映画やドラマなどで使われていて、硝も見覚えがある。

女子校という設定で、主な出演者は全員女の子。この地でのカットを一気に撮るため、二週間もホテルに宿泊するのだ。束咲にとっては全員が初対面だけど、ここまでの作業で何度も顔を合わせるうちに、すっかりみんなと打ち解けていた。

もっとも、それも硝の努力の賜物。

「役者って、みんな自己顕示欲強めなんでしょう？　イジメられたらどうしよう」

撮影に入る前、束咲がそんな心配をしていたので、何度も親睦会を開いて慣れさせた。

「座長なんだから、卯民さんが真ん中にいないと」

「ざ、座長？　私、一座とか劇団とか持ってないよ⁉」

「主役のことを座長っていうの。つまり卯民さんがリーダーなの」

といった感じで、強引に共演者と会話させたのだ。向いてない幹事を買って出てまでお膳立てした分の成果は欲しいと、その時はかなり必死だった。

しかし、彼女はウタウサギとして、ファンの前で格好よく振る舞っていた。元から演じることには長けていたわけで、余計な心配だったかもしれない。ともあれ、この調子ならうまくやれそうだ。

それなのに、妙に胸がざわついた。現場入りし、他の人たちと談笑している束咲を眺めていると、理由の分からない苛立ちを覚える。

が、問題は他にもあった。最大の懸念事項を、いまだ確認できていない状態なのだ。

「卯民さん……まさか本当に穿いてないとか、そんなことないよね。万が一にもノーパンだったら、大事件だよ？」

スカートめくりでもして確かめないと安心できないけれど、現場には多くのスタッフの目があるし、メイキング用のカメラも常に貼りついている。主役と脇役では控室が違うので、着替えの時に確認できなかったのは大きな痛手だった。

「それでは撮影始めまーす。主演のウタウサギさんでーすっ」

助監督が主演女優を紹介し、スタッフたちから拍手が起こる。立ち位置などを確認し、テストを経て、そしていよいよ、本番が始まった。

映画は初夏の設定で、衣装の制服も夏服。白の半袖ブラウスに、オレンジ色のリボンタイ、水色を基調としたスカートと、シンプルなデザインだ。ホラーにしては明るい色味で可愛いとキャストにも好評だったけど、血糊（ちのり）の赤が目立つようにという理由を聞かされた時は、みんな微妙な顔になった。

最初は、教室で友達と幽霊の噂話をするシーン。束咲の演技を、カメラの後ろで祈るように見守る。そして、心配そうな顔をしている人物が、隣にもひとり。

「……束咲ちゃん、がんばって」

束咲の母親も、マネージャーとして撮影に付き添っていた。ワインレッドのワンピースに幅広の白い帽子と、現場で一番目立つ派手な格好。ただ、娘に向ける眼差しは真剣で、ちゃんと応援しているのがよく分かる。

（いいなぁ……）

硝の親は放任主義で、娘の仕事に干渉しない。その代わりに強い関心も示さない。おかげで、芽が出ない現状でも自由にやらせてもらっているが、もうちょっと気にかけてくれてもいいだろうとは思う。

「いけない、もうこんな時間。南海さん、東咲ちゃんをよろしくね」

マネージャー気取りとはいえ、元々野仕事があるので初日しかいられないらしい。後ろ髪を引かれる思いで帰っていく彼女に、硝は、東咲の見守り役を託されたのだった。

「はいオッケー。ウサギちゃん、よかったよぉ！」

「ありがとうございます！」

監督がカメラチェックをして、最初のシーンはＯＫになった。セリフを二回ほど噛んでＮＧも出したけど、最初の棒読みから考えたら大進歩だ。

「次！　シーン６、カット１、いくぞ！」

監督の指示が飛ぶ。撮影に使える期間が想定より短かったとかで、一日のうちに撮れるだけ撮ってしまおうという方針らしい。

（あたしの番だ……！）

スタッフがバタバタと準備する中、硝もスタンバイする。ドッペルゲンガーと遭遇し、恐怖に駆られながら廊下を逃げ回る場面だ。動きが激しく、前から後ろから、引きにアップとカット割りの手間がかかるため、余裕のある初日にやってしまおうというわけだ。

「用意、はいッ！」

「きゃあぁぁ、きゃあぁぁぁぁぁぁッ‼」

背後から追いかけてくる手持ちカメラをゴーストだと思い込んで迫真の演技。廊下の壁や床に、悲鳴と足音が反響する。カットがかかり、次は同じ芝居を正面から。階段を駆け下りたり飛び降りたりも、パターンを変えて何度も繰り返す。

「はいＯＫ！　チェックしまーす！」

合計で十本は全力疾走しただろうか。おじさんスタッフが「若い子は体力あるねぇ」と笑いかけてくるので、疲れていたけど平気な顔で微笑み返す。

するとモニターを眺めていた監督が、ばつが悪そうにリテイクを要求してきた。

「南海ちゃん、ごめーん。もう一本やり直してくれる？」

実は、硝は、これまでＮＧ経験がほとんどない。そこまで目につくほどの出番を貰っていないのが、その理由だ。だから、こんな本格的な劇場作品でダメ出しされると思うだけで必要以上に緊張し、息を詰めた。

「あの……どこが駄目でしたか？」

「いやー。駄目っていうか、芝居はばっちりだったんだけどねぇ。……見てみる？」

ちょいちょいと監督が指差すモニターを、硝も覗き込む。

「……きゃあっ⁉　だ、駄目ですぅぅぅ‼」

さっきの演技なんて比較にならない悲鳴を上げ、画面を両手で隠す。階段から飛び降りた時にスカートが翻り、下着がばっちり映っていたのだ。派手な動きをするから念のため黒スパッツを用意していたのに、段取りで頭がいっぱいで穿き忘れていた。

「まぁ、このカットがなくても繋がりは大丈夫……」

「やり直しさせてください！」

リテイクを引っ込めようとした監督が、硝の圧に「お、おう……」と怯む。

演技に前向きだからなのは当然として、同時に、別のことを考えていた。

（ほらー！　こういうことが起きるから、パンツは必須なんだよー！）

ノーパンかもしれない束咲に心の中で叫ぶ。一刻も早く直に警告してやりたくて、撮り直しが終わるやいなや、控室へダッシュした。撮影に使わない四階の教室が、キャスト用の荷物置き場兼、更衣室になっている。

その部屋の前で、束咲は数人のスタッフと何か話し込んでいた。用件はすぐ済んだようだけど、浮かない顔をしている。しかも、硝を見つけるなり半泣きで駆け寄ってきた。

「あ、南海さんっ。助けてぇ」

「な……なになに、どうしたの？　何かトラブル⁉」

本格的な映画の現場経験は、硝だってほとんど初めて。対応できることは少ないぞと、話を聞く前から身構える。

「広報の人がね、私に宣伝に使える配信動画を撮って欲しいっていうの！」

これは人気動画配信者「ウタウサギ」の映画。その特性を利用するのは当たり前だ。

「あれ？　でも卯民さんの動画って、確か……」

「そうなの！　内容も撮影も全部友達がやってたから、何をすればいいか分からなくて。でも、できませんなんて言えないし……。南海さぁん、どぉしよぉ～」

「そんなこと言われても、あたしだって困るよっ」

束咲によると、内容は完全にお任せ。宣伝プロデューサーがチェックした後、ＳＮＳやホームページで適宜(てきぎ)公開、という流れらしい。

ウタウサギ動画の実態を知っている人は、意外と少ない。そうでなくても、困っている束咲を助けられる人が、この場で他にいるだろうか。

「そうだなぁ……。とりあえず、今日からクランクインでーす。みたいなところから始めたら？　後は、時間が空いてそうなキャストとかスタッフに話を聞いてみるとか」

「私が話しかけるの？　それ、南海さんがやってくれない？」

「あたしがやったら意味ないでしょっ」

ファンからの声かけには格好よく応えられるけど、自分からは無理。人見知りの彼女には、確かにハードルが高いかもしれない。

「だったらさ、自分はインタビュアーに徹して、喋りは他の人に任せちゃえば？」

「なるほど。丸投げってわけね！」

そこまではっきり言われると若干の語弊はあるものの、要は彼女がやる気になればいいので、宣伝スタッフにも顔向けできるだろう。

「じゃ、一人目は南海さん。よろしくね」

「…………へ？　あたし⁉」


ＳＮＳ用インタビュー企画は、宣伝スタッフに好評だった。ただ、やはり主演の束咲がメインで映っている必要があるので、自撮り画面だけでは絵的に厳しい場面も出てきた。他の撮影係も必要になり、自ずと、ボディダブルの硝が担うことになった。自分の仕事だけでも手一杯なのに、余計な作業が増えて大変だけど。

（やることがあるって、楽しいー！）

今まで仕事に恵まれなかったせいか、忙しいのが嬉しい。おかげで、大事なことが頭からすっかり抜け落ちていた。

今日の午前中の出番は、硝と束咲の二人だけだった。主人公が自分のドッペルゲンガーと対峙する、前半の山場のシーン。まさに、硝が起用された最大の理由の場面だ。

学校から数キロ離れた、山中の古いトンネルが、対決の舞台。レンガ造りの壁が時代を感じさせる。道も舗装されておらず、落ちた葉っぱで荒れ気味なのがホラーの不気味さにぴったりだった。

「南海さん、髪伸びたー」

「うん。ウイッグなんて初めて着けたよ」

束咲の髪色と長さに合わせて作られたカツラを被る。慣れない長髪が落ち着かず、つい毛先を指に絡めて遊んでしまう。制服も、主人公用のものを着用して準備は完了。後ろ姿では本当に見分けがつかないらしく、監督も「奇跡のキャスティングだ」とご満悦だ。

まずはリハーサル。硝と束咲の演技も問題なく、カメラワークや照明を確認し、さっそく本番へ——となったところで、急に小雨が降り出した。音声やカメラの技術スタッフが慌てて機材を雨粒から守る。

「おいおい、今日は降らないいんじゃなかったのかよ」

監督が困り顔で空を見上げる。硝と束咲も、スタッフの傘に守られながらロケバスに避難した。制服はもちろん、靴や靴下も衣装なので、必要以上に汚すわけにはいかない。

「それじゃあ、再開になったら呼びに来まーす」

助監督が現場に戻り、マイクロバスの中は束咲と二人だけになった。一番後ろの席で並んで座り、同じタイミングで「ふーっ」と息を吐く。

「監督さんとかスタッフさんとか、ずいぶん慌ててたね。こういうの、よくあるの？」

「お天気にはよく悩まされるみたい。ロケ現場を借りられる期間も限られてるし、映画の撮影スケジュールって意外にタイトなんだよ」

特に今回のような低予算映画は——なんて口を滑らせかけたけど、初主演の女優に聞かせる話じゃない。

車の窓を叩く雨音が強くなってきた。この調子だと、今日は中止かもしれない。

「せっかくの南海さんとの共演シーンなのになぁ……」

がっかりしたような東咲の呟きに、硝の胸が跳ね上がった。まったく同じことを考えていたところだったから。まだ、同じ画面にいるところは撮っていない。ボディダブルとはいえ、これが本当の初共演。楽しみにしていたのが自分だけではないと知り、嬉しさと気恥ずかしさで、思わず下を向いてしまう。

その目に、彼女の太腿が映った。行儀よく揃えられた、白くてすべすべの、艶めかしい脚線。それが、忘れていた何かを記憶の底から引っ張り上げた。

「そうだ、パンツ！」

「きゃあっ⁉」

衝動的にスカートを捲り上げる。東咲の悲鳴と共に現れたのは、何も覆うもののない、まっさらな下腹部。

「本当にノーパンとか……まさか初日から⁉」

「もちろんだよ！」

悪びれることなく胸を張られ、がっくりと肩が落ちた。たとえ映っていないとしても、そんな姿をカメラに収め続けていたと思うだけで怖い。上目遣いの視線で非難するけど、彼女はそっぽを向いて素知らぬ顔。

「バレたらどうするの！　卯民さん一人の問題じゃないんだよ⁉」

「それを言うなら、パンツ穿かせて演技できなくなる方が問題じゃない？」

どういう理屈だと思うけど、そのような現象を目の当たりにしているので「うぬぬ」と唸るだけで二の句が継げない。どうすれば思い直してくれるのだろうと苦慮していると、束咲が、二人きりしかいないのに、こっそり耳打ちしてきた。

「それより……南海さんも、ノーパン演技、試してみない？」

「ば……ッ！」

馬鹿言わないで。そう言い返そうとした硝の身体を、正体不明の痺れが走った。こんな誘惑に魅力を感じるわけがないのに、まるで愛撫されたようなゾクゾクが走る。その感覚に戸惑っている心の隙を突き、悪魔的な囁きが畳みかけてきた。

「脱ぐと集中力が上がるよ。南海さんも一緒にやろ？」

「そ、それは卯民さんの場合だけ……でしょっ」

反論の声が震える。もちろん、冗談として聞き流すつもりだった。ただ、企てた悪戯に目を輝かせる束咲を見ているうちに、罪悪感のようなものが湧き上がってくる。

（卯民さんがこんなこと考えるのって、半分はあたしのせいなんだよね……。だったら、付き合ってあげるのも、責任の取り方のひとつじゃない？）

そうじゃない。責任を問うなら、おかしな行動を正すのが筋のはず。

（でも……過激なことを繰り返していれば、そのうち飽きるかもしれないし）

そんな期待が頭をかすめた。消極的で運任せで、解決策なんて呼べるものじゃない。それでも、後ろめたさで強く出られない硝に、取れる選択肢は限られていた。

（このシーンって、向かい合って喋るだけだから、リスクは小さい……よね？）

それに、この雨で撮影中止は間違いないだろうし、明日には束咲の気も変わるかもしれない。次第に脱ぐ方に気持ちが傾き、気づけば、するすると下着を下ろしていた。ノーパンの抵抗が薄れてきた感じもあるけれど、ここはカメラが待ち構える撮影現場。スカートの内側のスースー感と心許なさは、これまでと比較にならない。

（いや待って。さすがにこれはまずいって）

気の迷いから正気に戻り、一度はバックに押し込んだ下着を取り出そうとした。でもその前に、雨の様子を見ようとした束咲が窓を開け放ってしまう。

「あ、監督ぅ。ちょっといいこと考えたんですけどぉ！」

しかも、身を乗り出し監督を手招きした。下着着用という更生の機会を奪われ慌てふためく。というか、彼女が自らウタウサギモードになって大声を出したのが驚きだ。

でも、本当に驚くのはまだ早かった。束咲は、監督にとんでもない提案をしたのだ。

「この雨の中で撮っちゃいませんか？　すっごく印象的になると思うんですけど！」

「いいね！　俺も今、それを考えてたところなんだ！」

意気投合する二人の脇で、硝は唖然として声も出せない。

そして、多少は小降りになったとはいえ、しばらく止みそうにない雨の中、どういうわけか、本番のスタンバイが整った。

「よーい、はいっ！」

初めて対面するドッペルゲンガーに愕然としながらも、相手は友人を殺した悪魔。憎しみに駆られつつ、相手の正体を探ろうとする難しい演技を、束咲がこなす。

彼女の迫力に負けないように、硝は背中だけで不気味さを醸し出した。セリフは後で吹き替えるけど、そのままでも使えるレベルの、本気の演技が求められた。人ならざる存在をイメージし、お腹の底から悪意の塊のような声を発する。

その時、硝は背筋が痺れるほどの衝撃を感じていた。

(何これ……。こんな感じ、初めて。自分の中にもう一人いるみたい……)

まるで、役が憑依したかのようだ。かつてないほど演技に集中している。

必要なカットを急ピッチで撮り、攻守交替。今度は、メイクを変えた束咲がドッペルゲンガー役。硝はメイクの必要がないので、そのまま主人公の後ろ姿を演じる。

「はいオッケー！　いやよかった。緊張感のあるいいシーンになったよ」

監督に手放しで褒められた。顔では嬉しそうにした硝だけど、その成果をもたらしたのが、下着のない不安を忘れようとしてのことだと思うと、素直に喜べない。

(それより……さすがにちょっと頑張りすぎたかも)

無事にやり終えて緊張が途切れた瞬間、急に身体がガタガタ震え始めた。夏とはいえ深い山中は意外と涼しく、しかも雨に打たれたので、すっかり冷えきってしまったのだ。

監督もそれに気づき、スタッフに指示を出す。

「こりゃいけない。誰か、二人をあそこに連れていってやってくれ！」

三十分後、硝と束咲は、ロケ現場近くの温泉宿にいた。部屋付きの露天風呂で、冷えた身体を温める。雨に打たれてまで熱演したご褒美ということらしい。特別扱いなので、他のキャストには内緒、だそうだ。

「ふぁ～、あったまるぅ～」

二人に異論なんてあるはずがなく、一緒に入浴。壺みたいな土色の陶器の浴槽からお湯を溢れさせ、呑気に身も心も蕩けさせた。

「いいなぁ。女優さんて、いつもこんな思いをしてるの？」

「知らないよぉ。あたしみたいな無名が、そんな扱いされるわけないでしょ」

そんなやりとりも、寝落ち寸前のゆるゆるテンション。消え入りそうな小さな呟きなんて、眼前に広がる山深い渓谷や、川のせせらぎに溶けていく。

でも、そんな緩い時間は、ものの数分で終わりを告げようとしていた。

部屋風呂とはいえ、浴室部分には屋根がない。つまり屋外も同然。当然、全裸。さらには家族風呂なので、肩が触れ合うほど窮屈。そんな環境に置かれた束咲が、平穏でいられるわけがない。欲情する条件は、これ以上なく揃っていた。

硝がそれに気づいた時、彼女はさらに強く肩をすり寄せてきた。頬も肌も火照っているのは、きっとお湯のせいばかりじゃない。

「ねぇ……。シたくなっちゃった……」

甘えるような低い声で、ストレートに欲望を囁いてくる。硝の目蓋がとろんと落ちた。肩の接触で生まれた性電気が、身体の中心を疼かせ始める。

「は……あぁぁ……」

彼女が内腿に触れた。淡い電流がビリビリ走り、震える唇から吐息が漏れる。硝も欲情を煽られて、その手に身体を委ねたくなる。それでも、戸惑いは拭いきれない。

「駄目だよ……。もしかしたら、隣の部屋にお客さんが……」

「大丈夫。スタッフさんが、周りに人がいない部屋をお願いしますって言ってたから」

人気者のウタウサギに配慮してなんだろう。そのお願いが通用したのか定かではないけれど、束咲の言葉は、暗示のように硝の警戒心を蕩けさせた。秘部に潜り込む指を、脚を緩めて歓迎してしまう。

「あぅ……！」

するりと、縦溝を撫で上げられて小さく仰け反った。後ろ髪がお湯に浸かるのを気にするより、快感を逃がすまいとして彼女の手首を両手で掴む。

「南海さんのここ、凄くぬるぬるしてる」

「し、してない……っ。お湯っ。それはお湯で……んふぁんっ」

嘘つきの罰に、耳朶を噛まれた。軽い痛みは、逆に快感となって瞬時に淫部を刺激し、さらに多くの粘液をお湯の中へ放出してしまう。

「あ。南海さん、またお漏らしした」

「違う、違うってばっ」

「ウソ。こんなにヌルヌルだよ。今さら恥ずかしがることないのに」

「そうだけど……でも……んふぁ、やぁぁぁン」

束咲が愉快そうに笑うのが悔しくて、素直に認めることができない。なので、硝が嘘を吐くたびに罰を執行。乳首を捩じられ、陰核を弾かれ、耳をねっとり舐められる。

「ふぁ、ふぁ、ふひぁぁぁぁぁあっ！」

意味不明の悲鳴が、正面の山でこだました。さすがに束咲も慌てて膝立ちになり、その胸に硝の顔を抱え込んだ。

「むふっ、んむっ⁉」

乳房の深い谷間に鼻先が埋もれて窒息しそうだ。罰にしては気持ちよすぎて「おっぱいで昇天するなら最高じゃない？」なんてお気楽な妄想に浸る。

頬に、硬く尖る乳首が当たった。無意識に口に含むと、彼女の身体がビクンと跳ねる。

「……あんっ」

嬉しそうな声に耳をくすぐられた硝は、束咲の腰に抱きつき、今度は思いきり吸いついた。ちゅぱちゅぱと音を立てながら、舌の上で飴玉のように転がす。

「ん、あ……あんっ。南海さん……。吸って、もっと……っ」

束咲も硝の頭を抱き締め、乳を与えてきた。詰まらせた息で、彼女が感じているのが分かる。左右の乳首を交互に舐め、空いている方は指で捏ね、積極的に快感を送り込む。

「ひぁ……あんっ。きょ、今日は……いつもより、激し……ひゃンッ」

胸への攻撃だけで、束咲が切なげに身体をくねらせた。彼女が暴れるたびに、お湯が音を立てて跳ね上がる。さらに感じさせようと、下半身にも手を伸ばした。秘裂に指を這わせると、明らかにお湯とは違うぬかるみが絡みつく。

「なによ。卯民さんだってヌルヌルさせてるじゃない」

「それは……だって、こんなオープンな場所にいたら、普通に興奮しちゃうよぉ」

「それは普通とは言わないよっ。変なコト言う娘はこうだっ！」

開き直る束咲に、今度は硝が罰を与えた。クリトリスに粘液を塗りつけ強めに転がす。

「ふぁっ⁉　ひあぁン！」

束咲は腰砕けになり、お湯の中に水没しかけた。それを抱きとめて支えながら、改めて股間に指を挿し入れる。正座のような姿勢になってしまったので可動範囲は狭いけど、指の腹で陰核を撫でるだけで、彼女の背中が反り返る。

「それッ、いい……。もっと、深いとこ……！」

さらに快感を得ようと、束咲は頑張って腰を浮かせた。動きやすくなったので、縦溝の上から下まで指を滑らせる。さらには淫襞に細かい振動を与えると、両腕で首にしがみついてきた。その反応が嬉しくて、内側の粘膜も撫で回す。

「そこ！　そこいい……。もっと撫で撫でして……ふぁ、は……あ……ッ！」

愛撫に合わせて束咲が上下に動く。感じてくれるのはいいけれど、困った事態も起き始めた。きつく抱きつかれているせいで胸と胸とが吸いつくように密着。乳首が擦れて、硝も、痺れるような快感に苛まれた。

「ちょ……待って卯民さん……！　そんなに動かれたら、あたしも……あ、あッ！」

「だって、南海さんが、そんな、気持ちよく、するから……ンあぅんっ」

熱い吐息が頬をくすぐった。霞んだ視界に、うっとり喘ぐ束咲の顔が映る。

半開きの唇が、唾液で濡れていた。その艶めかしさから目が離せない。胸を高鳴らせながら吸い寄せられていく。

陶然とした意識の中、それまで考えもしなかった欲求が芽生える。

（……キス、したい）

しかし、その気持ちが具体的な言葉になった瞬間、我に返った。

（あたし……何を考えた？　恋人同士でもないのに、キス？）

淫らな愛撫を交わしているとはいえ、これは欲求を満足させるための遊び。それも束咲から強引に求められた、かなり一方的な関係のはず。それなのに、どこからそんな気持ちが湧いてきたのか自分でも不可解で、軽くパニックを起こす。

「南海さん、やめないで……。私、も……イキそう……！」

途切れ途切れの吐息でねだられて、ひとまず考えるのをやめて愛撫に集中した。次々とお湯の中に粘液を分泌する淫裂を、指先で掻くように刺激する。

「あぅん、あぁぁぁウン。そこそこ、そこぉぉっ!!」

彼女のしがみつく力が強くなる。身悶えも大きくなる。硝は攻撃を淫核に移し、中指で細かく弾きまくった。

「卯民さん、イッていいよ。思いっきりイッて！」

「うん、イクっ。南海……さんの、指、凄くて……もう、もう、凄いのぉ！」

はしたなく快感を叫ぶ少女に、硝の身体も昂った。前後に激しく踊る腰を必死に追いかけ、クリトリスの一点攻撃で追い込んでいく。

「ダメっ！　そんな凄いのダメぇっ！　あぁぁ、凄いのきちゃう……きた、きた。もう、もう……ふぁッ、んあぁぁっ!!」

淫核を捻った瞬間、束咲の身体が大きく仰け反った。両手の指を硝の肩に食い込ませ、激しい痙攣でお湯を外に跳ね飛ばし、入れ替えに大量の淫蜜を放出する。

「うぁ、うあ……あぅあぁぁぁ……」

天を仰ぎ、涎を垂らして束咲が快感を貪る。彼女を絶頂させることができて、達成感が胸に満ちる。でもそれ以上の欲情が、下腹部を中心に渦巻いた。

（あたしも、気持ちよくなりたい……）

その心の声に応えるように、束咲の手が股間に触れた。秘裂を優しく撫でられて、ピリピリとした電気が身体を貫く。心地よさに喘ぐ中、ふと彼女と目が合った。そして、笑みを浮かべる濡れた唇。さっきのキスへの欲求が、再び顔を覗かせる。

（こんなの、ただの気の迷いだ。真剣に考える必要なんて……。て、いうか……）

下半身がぶるっと震えた。快感のせいじゃない。それとは別の要因が、かなり切迫した状態で、いきなり硝の身体に襲い来たのだ。

（やばい……。おしっこ、したくなってきちゃった……！）

雨で身体を冷やした影響が、今頃になって発現したのか。しかし迂闊に口に出そうものなら、興奮した束咲が「見せて！」と迫ってくるに決まっている。内腿をモジモジさせて懸命に堪えるけど、尿意というものは、我慢すればするほど強くなっていくもの。

「南海さん、おしっこしたいんでしょ？」

耳元に不意打ちで囁かれ、心臓が飛び出んばかりに跳ね上がる。露出プレイの先達に、小手先のごまかしが通用するはずがなかった。

「ンもう。子供じゃないんだから、お風呂の中でお漏らしなんてメッ、だよ。はい、お外に出てシーシーしましょうねー」

言葉とは反対に、完全に子供扱い。とはいえ、見抜かれた恥ずかしさと我慢の限界で、硝に反発するだけの気力はなく、言われるがまま浴槽から出た。

「はい、お尻を床について一。大きく脚を広げてー」

「こ、こんな格好でするの？」

手を後ろに突き、外に向かって開脚。正面に広がるのは、緑の深い雄大な景色。そんなものに秘部を見せつけているかと思うだけで、罪悪感という悦びに身体が打ち震える。

「ふぁぁぁぁ……あぁぁぁ……！」

呆けた声と共に、淫裂から一条の水が噴き出した。放物線を描いて飛ぶそれは、まるで自然の中に放出しているようだ。耳には、石造りの床を叩く噴水の音。いくら浴室とはいえ、ここは他の宿泊客もいる旅館。いけないことをしている自覚と堪らない解放感で腰が蕩ける。背筋を走る心地いいゾクゾクが頭に到達し、そして。

「ふぁうんっ⁉」

いきなりお尻が跳ね上がった。放物線が左右に揺らぐ。

「あはっ。南海さん、おしっこでイッちゃったぁ」

束咲の声も楽しそうに弾む。そんな馬鹿なことが、なんて、もう思わない。小水が噴き出る微かな振動さえ、頭のてっぺんから爪先までを痺れさせる。全身から力が抜けて、硝は床に身体を投げ出した。仰向けになってもなお、チロチロとお漏らしが続く。

「ふぁ、ふぁっ。気持ち……いい……」

快感を否定できなくて、ついつい正直な気持ちが漏れる。そのだらしない顔を、束咲が上から覗き込んだ。

「いいよ、南海さん。その感覚に、もっと身を委ねるの」

「んッ……あ、あぅ……ふぁッ」

露出の沼に引きずり込もうという意図が見え見え。気持ちでは反発を覚えるのに、身体は誘惑に逆らえない。かけられた言葉だけで再び軽く達し、最後のひと搾りのように、おしっこがピュッと勢いよく飛んだ。

「あはぁ。南海さん可愛い。……綺麗にしてあげるね」

彼女は、硝の股間を手桶に汲んだお湯で軽く流すと、脚の間に屈み込む。膝を無意識に開いてからハッとなった。秘裂に、熱い舌が押し当てられる。ねっとりと力強く、濡れた割れ目を舐め上げている。

「ひぁっ⁉　あ、だめ……。汚いよっ」

「洗ったから大丈夫だよ。ん、ちゅっ」

「そ、そうかもしれないけど……ふぁあんっ」

あんなひと流しで十分とは思えないし、綺麗になったのなら、束咲が舐める必要なんてない。でも、そんな理屈なんてどうでもよかった。性器に与えられる快感に逆らえるはずもなく、硝は、閉じかけた脚を再び広げて、彼女の愛撫を受け入れてしまう。

「ちゅぱ、ちゅる、れろれろ、ちゅぱっ」

「ひ、ひぁっ。ンひっ」

舌が力強く襞を掻き分けた。強烈な快感電流に、腰が右に左にと踊るようにうねる。束咲は腿裏を持ち上げてその動きを封じると、膣口に舌先を突っ込んできた。

「ひぃぃいうっ！」

浮いたお尻が、さらに一段高く跳ねる。快感に痺れた指先は細かく震え、まるで赤ん坊のように閉じたり開いたりを繰り返す。

「ふふっ……。南海さん、もっと感じさせてあげるね」

彼女は硝の脚を肩に乗せると、フリーになった両手を使って悪戯を始めた。脇腹や乳房の麓を、薄い爪の先でなぞる。ただでさえ卑猥電流が流れている肌に、拷問のような快感が追い打ちをかける。

「ひぁン！　それダメッ！　感じすぎるッ！　ふぁ、や、あん、ひぃぃぃッ！」

制止の懇願は無視された。それどころか、逆らった罰のように淫核を転がされた。腿や脇腹も素早い指使いでくすぐりまくられ、目蓋の裏で火花が散る。昂る快感に背中が浮き上がり、狂ったように髪を振り乱す。

「ふぁ、ひあっ、もう……ンひぃっ」

「んふ……。そろそろイカせてあげる……！」

もう言葉にならない。限界が近いのを察した彼女の唇が、淫核を容赦なく吸い上げた。

「だめだめっ！　もう……あぅンっ！　イク、イッ…………きゅうぅぅッ‼」

手足がピンと強張った。上下に跳ねる腰を抑えられない。絶頂しているのに、束咲の舌も唇も淫裂から離れず、愛撫の激しさを増すばかり。

「はぁ……。イッた南海さんのここ、美味し……。ちゅる、れろれろ、じゅるるるるっ」

「もう許してっ！　またイッちゃうから、イッちゃうからぁんっ！」

息を吐く間もない責めに自制のタガが外れる。

のぼせ上がった硝は、辺りにはばかることも忘れ、甘い嬌声を山の谷間に響き渡らせた。

第4章　夏祭りを楽しむ余裕なんてありません

「暑い、あっつぅい！」

「もう限界！」

　クラスメイト役の数人が、控室用の教室に戻るなり、疲労感たっぷりに吐き捨てた。

　ロケを誘致しているくらいなので、この校舎は全教室エアコン完備。だけど風で髪が動くと画面上では目障りだからと、本番中は止められてしまうのだ。

　加えて、今日は猛暑日。現場はみんな汗だく。裏方は格好を気にしないで済むけれど、被写体の役者はそうはいかない。冷却ジェルや保冷剤など、あらゆる手段を駆使して強引に汗を引っ込め、芝居をやりきる。手間のかかる長回しのカットは気温が上がりきらない早朝に撮ろうということになり、スケジュール調整に苦心しているらしい。

「誰かアイスちょうだい！　アイス！」

「だらしないなぁ。それくらい自分で取りなさいよ」

　ひとりが暑さに屈して机に突っ伏し、救助を求めるように手を伸ばした。クーラーボックスを覗く気力もない彼女を、別の娘が呆れながらも団扇（うちわ）で扇ぐ。みんな同じ思いをしているので、ワガママに対する苦言はあっても、怒る人はいない。

「はい、ソーダ味でいい？」

「はわわっ、ウサギちゃんありがとぉ」

ダウンしている娘に、束咲がアイスを差し出した。いつの間にか、みんな彼女をウサギちゃんと呼んでいる。本名じゃないのは明白だけど、誰も気にしていない。芸名しか知られていないなんて、普通にある世界だからだ。

「こら、座長に気を遣わせるんじゃないっ。ウサギちゃんも、この子を甘やかさない！」

「「は、はいっ！」」

委員長役の子に叱られた二人が背筋を伸ばす。女の子が十数人も集まれば、自ずと個性が見えてくるもの。最年長の彼女は、普段も「委員長」と呼ばれていた。アイスを所望の子はメンバーの最年少で一番背が低く、まさに甘えたがりの妹という扱われ方。

他のメンバーも、盛り上げ上手のムードメーカーやクール女子、優れた運動神経の持ち主に、イラスト上手、お嬢様風だったりギャル風だったりと個性豊か。

そして、束咲は抜群に歌がうまい。

「委員長はお堅いなぁ。可愛い子は、もっと甘やかしていこぉ」

艶っぽい声で、黒く波打つ長髪が印象的な少女が、妹っぽい子を庇うように背中に覆い被さる。通称「お姉さん」だ。委員長と同い年で芸歴も同じらしいけど、真面目と奔放で まったく性格が違うため、仲が悪いわけじゃないけれど、どうにも噛み合わない感じ。

「お姉さん、背中暑い、暑いって！　あと、おっぱい当たってる！」

「もうっ。二人ともいつまで遊んでないで！」

のし掛かられた妹ちゃんがジタバタもがく。お姉さんは面白がって、さらに体重をかけた。委員長は憤ってそんな二人を引き剥がそうとするし、他の子たちは、囃(はや)し立てながらその場面をスマホに収める。まるで女子校の昼休みのような騒がしさ。

（ホテルではみんなＴシャツにジャージだし、合宿とか修学旅行の方が近いかも）

女の子たちの個性が硝の心を弾ませる。でも同時に、それは胸に翳りも落としていた。

「――あ、忘れてた。委員長とお姉さん、監督が打ち合わせしたいから来てだって」

「それ、早く言ってよ！」

妹ちゃんが呑気に伝言を思い出すと、委員長は声を張り上げ、怒るのもそこそこに控室を飛び出した。お姉さんは「待って～」と引き止める気ゼロの声で、のんびりと後を追いかけていく。控室内で爆笑が起こる。硝も一緒に笑い転げる。

そんな中でも、頭の片隅で、冷めた自分が考えている。

（……あたしの個性って、何だろう）

これまでの仕事では、あまり他の役者と交流がなかった。でも今回、同世代の女優集団に放り込まれたことで、みんな強い個性を持っていることを目の当たりにした。

そうして改めて自分について考えた時、これといったものが何もなかったのだ。

演技や歌は懸命に練習してきたけれど、そんなもの、役者なら当たり前に身につけておくべき基礎にすぎない。とにかく役を欲しがるばかりで、その土台の上に「個性」という看板が必要なのだと、今に至るまで考えもしなかった。

「――あたしって結局、モブってことなのかなぁ」

「モブ？　その他大勢ってこと？」

グラウンドでの撮影の待ち時間、体育祭で使うような日除けテントの下で、ついポロリと漏らしてしまった。隣に座る束咲に独り言を聞かれて、耳が熱くなる。

「南海さん、モブじゃないじゃない。セリフだって結構多いし」

「いや、その……。別に、今回のお仕事の話ってわけじゃなくて……」

パイプ椅子がギシギシと軋むほど首を振る。個性に悩んでいるなんて、どう説明すればいいんだろう。誰かに相談して解決するものなのだろうか。

迷って口籠っている間に、助監督が束咲を呼びにきた。

「行ってらっしゃい。別に大した話じゃないから気にしないで」

心配そうな素振りの彼女を笑顔で送り出す。自分の悩みに付き合わせて仕事がおろそかになるなんて、今のウタウサギには不要なこと。自分も気分を仕事モードに戻し、台本に目を落とす。でも、パラパラとページをめくっていたら、あるシーンで手がとまった。

（この映画、キスシーンがあるんだよね……）

先日の、温泉宿でのことを思い返す。あの時、束咲の吐息を間近に感じた硝は、確かにキスへの欲求を覚えた。あれだけエッチなことをしておいて、今までそんな気が起こらなかった方が不思議ではある。

（いやでも、やっぱりキスは別問題だよっ）

彼女とは恋人でも何でもない。ではどんな関係かと聞かれたら、それはそれで非常に答えにくい。とにかく、キスする間柄でないのは確かだ。

（それなら、どうしてあんな気持ちになったんだろう……）

束咲のことは嫌いじゃないし、性欲に興奮すれば口づけしたくなることだってあるだろう。考えを巡らせた結果、やはり一時的な気の迷いというのが結論になる。

それなのに、何かがずれている感触があって、胸の内が気持ち悪い。それを払拭したくて、台本も目に入らないほど身悶えしていたら、出番を終えた束咲が戻ってきた。

「あれ、もう終わり？」

「うん。もう次の準備に入ってるよ」

「じゃあ、あたしの番だ」

大急ぎでメイクを整えてもらいカメラの前にスタンバイすると、監督が笑いかけた。

「今回の作品は役者もスタッフも優秀だね。はかどってありがたいよ」

確かに、今日の撮影はいつになくハイペース。ただ硝の目には、はかどるというより、スタッフ陣が何かに追われているようにも見えた。

（スケジュールが遅れてるって話も聞かないし……。夜に飲み会でもあるのかな）

この現場に限らず、役者は待つのが仕事、なんて言葉があるほど待機時間が長い。それに対し、スタッフの多くは動きっぱなし。特に今回のようなホラー作品はＣＧ合成やアクションシーンのスタントも多いので、そういった調整も頻繁に行われていて忙しそうだ。

ましてや、この猛暑の中。大人たちだって息抜きしたくもなるだろう。

自分の解釈に納得し、ねぎらいの意味を込め、スタッフたちに無言で小さく会釈した。


その日の夜。硝は束咲に連れ出され、ロケ現場の学校に忍び込んでいた。

「ねえ、これはさすがに駄目だよ。怒られるよ」

「平気平気、見つからなければいいんだから。いつもやってることじゃない」

「それは、そうだけど……」

ただでさえ来てしまったことを後悔しているのに、彼女の言い草が不良少女みたいで、つい眉を顰めた。

映画関係者は、ここから車で五分のホテルを貸し切りにしている。徒歩だと少し面倒な距離ではあるけれど、普段から電車ひと駅分の散歩をしている束咲なら苦にならない。

彼女が声をかけてきたのは、大食堂での夕食を終え、各々の部屋に戻る時だった。

「南海さん、ちょっと付き合って」

コンビニに買い出しかなと軽く考え、とりあえず下だけジャージから私服のスカートに穿き替えて同行した。けれど、行き先がおかしい。学校の塀を乗り越える段階になって、やっと何をするつもりなのか問いただした。

「もちろん、いつものお散歩だよ。もう我慢できなくなっちゃって」

クラっと目眩がした。ノーパン演技で満足していると思っていたから、いや、それだけでも大問題なのだけど、ともかく、もうそれ以上の暴挙には出ないと決めつけていた。この裸族が、そんなもので済むはずがなかったのに。

撮影初期は緊張で性欲どころではなかったのが、現場や共演者に慣れるにつれ、抑制が利かなくなってきたんだろう。

(完全に油断してたぁ～)

自制していた分、どれだけ欲求を溜め込んでいたか分かったものじゃない。硝が気持ちを立て直す前に、彼女は敷地の中に入り込んでしまっていた。

校舎内には撮影機材や小道具が残されているので、夜間も警備員が見張っている。しかし彼女は、それでも校内散歩をできるだけの余地がある、という情報を得ていたのだ。

「SNS用のインタビュー企画が役に立ったよ。南海さんのおかげだね。ありがとう」

「そういえば、警備員の人にも警備状況を詳しく質問してたけど、あれってまさか……」

束咲が、勝ち誇った顔でサムズアップ。硝は、廊下の真ん中で頭を抱えてしゃがみ込んだ。まさか、あのインタビューを潜入の企てに利用していたなんて。そんなことのために企画を提案したわけじゃない。犯罪に加担したみたいで気持ちが重くなる。

「警備員さんも警備員さんだよ。女の子にデレデレして大事なことをペラペラと……」

「その部分は宣伝動画には使われないから、安心して」

「当たり前だよっ。ていうか、そういう問題じゃないってばぁ……」

久しぶりの散歩で足取り軽い束咲に対し、硝は辺りを見渡しながらコソコソ歩く。もうみんな引き上げて、誰もいるはずはないけれど、警戒は緩められない。

「ここ！　実は、ここが穴場なんだよ」

彼女が立ち止まったのは、保健室の前。確かに、今回の台本には出番のない場所だ。

「でもさ、使わないなら鍵がかかって……」

懸念を示すより早く、ガラガラと軽い音で扉が開かれた。

「何で開いてるの⁉」

「分かんない。でもラッキー。閉まってたら別のところを探すところだった」

スポットのチェックはしていたものの、開いていたのは偶然だったようだ。束咲は満面の笑みで振り返ると、目を丸くする硝の手を取り中へと誘った。

何年も本来の目的で使用されていないためか、消毒液の臭いのようなものは感じない。ただ映像用としての器具や薬瓶は、それらしく揃っている。

束咲は、念のためにしっかりと扉を施錠。そしてお尻を弾ませるようにベッドへ腰かけると、スマホを手渡してきた。

「じゃ、いつも通りにお願い」

つまりは、オナニー動画の撮影。硝もすっかり慣らされて、もはや「仕方ないなぁ」という感想しかない。

「じゃあ……よーい、はい！」

監督のようなかけ声でスタートの合図。彼女はカメラ目線で微笑むと、膝を抱えながらゆっくりと仰向けに転がった。スカートがめくれ、白い下着が露わになる。その両サイドに指をかけ、脱ぐ態勢に入った。

「んふふっ……」

早くも興奮しているのか、束咲の含み笑いもどこか上擦り気味。お尻の丸みに沿って、下着が剥かれ始めた。間もなく秘裂が顔を覗かせる。硝は、一瞬たりとも撮り逃さないよう、震える手で懸命にスマホを構える。

「おい、鍵がかかってるじゃないか」

その時、保健室の外で大きな声が響いた。ガチャガチャ扉を開けようとする音もする。

二人はびっくりして飛び上がった。とにかく束咲にパンツを穿き直させたものの、そこから先はオロオロするばかりで何も思い浮かばない。

「おっかしいなぁ。確かに開けておいたんだがなぁ」

監督と、多分カメラマンだ。他にも複数の人の気配がする。事情は分からないけれど、とにかくピンチなのは明白。怒られるだけならまだしも、もし事務所に連絡なんてされたら、不祥事を起こした役者として、今後の活動が困難になる。

『だから危ないって言ったのに！』

『それより早く隠れないと！』

目だけで言い争いながら必死に隠れ場所を探す。清掃用具入れのロッカーに飛び込むと同時に、保健室の扉が開かれた。二つの音が重なって、奇跡的に避難に成功する。

ロッカーは空だった。撮影用の背景にすぎないので、中身は必要ないんだろう。それなりに窮屈だけど、内容物で物音を立てる心配はなさそうだ。

しかし安心はできない。二人は息を殺して抱き合い、ロッカー扉のスリットから様子を窺う。どうやら今から撮影が始まるようだ。でも、そんな話は聞かされていない。基本的に、夕食後にキャスト陣の仕事は予定されていないからだ。

(臨時の追加撮影？　にしても人数が少ないような……)

監督と、カメラマンと、数人の女性スタッフのみ。いつも数えきれないほどの人が周りで動いているので、これで足りるのかなと首を傾げてしまう。しかも、女性のうちの二人は、確か誰かのマネージャーだ。

(挨拶した記憶はあるんだけどなぁ。あの時は初日でバタバタしてたから、タレントとの組み合わせが曖昧なんだよなぁ)

何にせよ、そんな人が混ざっているのたから、役者が控えているのは間違いない。

「準備が整いましたー。お願いしまーす」

「はーい」

女性の助監督に呼ばれて、制服姿の少女が二人、保健室に入ってきた。

(あれって……委員長とお姉さん⁉)

夕食時にはみんなと同じジャージ姿だったのに、今は衣装用の制服。しっかりとメイクもしている。

　この二人の役は、あまり接点がないように見えて実は恋人同士、という設定。キスしているところをドッペルゲンガーに襲われるのは、もちろん台本を読んで知っている。

（これって、そのキスシーンの撮影？）

　それだけにしては、現場にはただならぬ緊張感が漂っている。東咲もその空気を感じ取ったのか、すがるように腕を掴んできた。彼女の掌は汗ばんでいて、硝も無意識のうちに何度も唾を飲み込む。

「じゃあ、段取りの確認ね。ここをこうして、こんな風に……」

「それより、こうした方が色っぽくないですか？」

「あはは。委員長ってば大胆」

　監督の演出に委員長が芝居を提案し、お姉さんが楽しそうな声を上げる。どんな感じの打ち合わせをしているのか気になって、隙間に顔を近づける。ところが、急にスタッフの背中で視界を塞がれ、外の様子がまったく窺えなくなった。

（ま、仕方ないか……）

　どの道、見つからないよう、おとなしくしているしかないのだ。外を見るのは諦めて、音を立てないことだけ注意すればいい。と思ったら、束咲はそうはいかないらしい。何とか覗けないものかと背伸びしている。

『ちょっと、動かないでっ』

『でも……見てみたいし……』

生憎、今回はワガママを聞くわけにはいかない。それは彼女も分かっているはず。膨れっ面で睨(にら)みつけると、ふて腐れたようにロッカーの天井の方へ視線を向けてしまった。

「こんなに厳重にしなくても、わたしたちは平気ですよ?」「ねー」

委員長とお姉さんが向かい合って微笑んでいるのが、気配だけで伝わる。その声色に、硝は心臓が跳ね上がるような衝撃を覚えた。

(お姉さんはともかく、委員長まであんな艶っぽい声で……)

それに、みんなの前ではあまり仲のいい感じがしない二人なのに、すごく親密そうだ。まさに映画の脚本通りの展開で、ドッキリでも仕掛けられているのではと疑いたくなる。

「せっかくだし、今からみんなを呼んできて見学させる?」

「ダメよ。何のために撮影隊の人数を絞ってもらったと思ってるの」

お姉さんの提案に、マネージャーらしき人が声を固くする。シャットアウトが必要といえば、色っぽい濡れ場か、あるいは出演者も驚くような秘密が語られるか。しかし、そんなシーンがこの映画にあっただろうか。

「この場面はサプライズ。今作の隠れた目玉だからね。君らも、役者としての新しい面を見せる宣伝にするって言ってたろ」

監督の声に、女優二人のクスクスと妖しい含み笑いが重なった。その響きで確信する。

これは、絶対に色っぽい方。

（あたしたち、そんな現場にいていいの？）

自問するまでもなく、よくない。ますます見つかるわけにはいかなくなった。

「打ち合わせ通り撮影はワンカット。後は編集で繋ぐから、熱を入れてお願いするよ。よし、テストは飛ばして最初から本番。他の子たちに気づかれる前に終わらせよう」

監督の指示と共に視界が開けた。ロッカーの前にいたスタッフが移動したようだ。東咲はもちろん、覗き見を咎めていた硝も、すかさず外に視線を向ける。

心なしか、監督のスタートの声も控え目に、撮影が始まった。二人の少女が、保健室のベッドに並んで腰かけ、見詰め合う。

「――怖いの？　委員長」

「だって……おかしいじゃない。わたしたちのクラスだけ……。次は自分の番かもしれないって考えるだけで、頭がおかしくなりそう！」

ドッペルゲンガーによって友人が何人も命を奪われ、委員長が苦悩を見せる。この時点では硝の役も悲惨な運命を辿（たど）っていて、後日、そのシーンを撮ることになっている。

「あなたまでいなくなってしまったら……わたし……」

「バカね。あなたから離れたりするわけないいじゃない……」

委員長の首筋から頬のラインを撫でるお姉さん。その指使いに、委員長の身体がピクンと小さく跳ね上がる。

（あれって、演技じゃなくてリアルな反応なんじゃ……）

図らずも、性的な遊びの積み重ねで慣らされた目が、違いを見抜く。そして、本当に感じてしまったところをカメラに収められた恥じらいの表情も、硝は見逃さなかった。

お姉さんが、委員長の顎を軽く持ち上げる。そして、ゆっくりと唇を重ねた。

（うわぁ……。うわぁぁぁぁ……。ほ、本当にしてるぅ……！）

他の人のキスを初めて目の当たりにして、硝は思わず身を乗り出した。束咲まで同時に動いて、危うく物音を立てそうになる。二人は慌てて互いに抱きつき姿勢を保つ。それでも視線は、女優たちに向けたまま。

「ん……ちゅ、あ……はぁ……」

口づけ自体は、唇同士を触れさせているだけ。ただ、重なる吐息や絡み合う視線、そして熱く濡れた瞳は、同世代の女の子とは思えないほど淫靡。

「ねえ……。もっと、あなたを感じさせて……」

委員長が、お姉さんをベッドに押し倒した。せわしなく動く指で制服のボタンを外す。はだけられたブラウスから、ブラのカップがわずかに覗く。そんな攻めた描写があるとは思わず、驚きと緊張で、硝も束咲も抱き合う腕が硬く強張る。

「あぁ……。好きよ……好き……」

委員長が、呟きながらお姉さんの首筋に顔を埋めた。仰向けの胸を掌が覆う。少し荒っぽく手つきで揉むと、お姉さんが喘ぎと共に首を反らせた。

「はあぁぁ……」

心臓を鷲掴みにされるような、熱い吐息。委員長の指が乳房を掴む。お姉さんのはだけた白い肩が強張る。その細い腰も、切なげに捩じられる。長い脚が悶えるたびにスカートがめくれ上がり、下着が見えそうな際まで迫る。

（うわ、うわっ。お姉さん、太腿、ほとんど、見えてる！）

白い生足に興奮し、心の声すら片言に。二人が再び唇を重ねる。キスや愛撫に没頭する姿は、本当に迫りくる恐怖を忘れようとしているかのようだ。

先輩女優たちの真に迫った熱演に、感動で胸が昂る。でもそれ以上に、特定のところが違う種類の熱を帯び始めていた。

（やだ……あそこが……）

股間が、ウズウズする。目の前で繰り広げられている情事は演技だと分かっていても、少女たちの唇から濡れた舌が覗くたび、欲情の火がチロチロと秘部を舐める。抑えようとして内腿を擦り合わせても、鎮まるどころかエスカレートする一方。

『だめ……だめっ！　おとなしくして‼』

いくら叱責したところで、性欲の火が点いた身体は言うことを聞いてくれない。堪らず束咲の腰にしがみつくと、彼女も背中に腕を回してきた。その程度で欲情が抑えられるはずもなく、二人とも泣き出しそうな情けない顔で、胸と胸とを密着させる。

「ちゅ、ちゅぱ……はぁぁ……ちゅっ」

委員長たちのキスの音を聞かされて、口の中に唾液が溜まっていく。飲み込もうにも、その音さえ大きく響きそうで怖い。だけど、放置すれば容量オーバーで決壊するのは目に見えている。束咲の前で、そんなみっともない真似はしたくない。

(どうしよう、どうしよう……。息、苦しくなってきた……！)

その時、彼女の唇から一筋の涎が流れ落ちた。それが集中を途切れさせ、硝の口からも多くの粘液が口から零れる。お互いに、何とかしてあげようと思ったのだろうか。いや、そんなことすら考えていなかったに違いない。

二人は、どちらからともなく顔を寄せた。顎に垂れた唾液を舐め上げる。躊躇することなく唇が重なり、舌が相手の唇に吸い込まれた。それを不自然とも思わずに、硝は静かに目蓋を閉じる。現実感が薄れて、外の声も聞こえなくなっていく。

夢見心地だったのは、ほんの一瞬。即座に我に返り、自分の行為に衝撃を受けた。

(——っ⁉)

キスしている。断りもなしに女の子の唇を奪っている。そればかりか舌まで入れて。このところ、束咲に振り回されたり、仕事にかまけたりするあまり、忘れかけていた。自分が、彼女に対して罪を背負っていたことを。

(あたし……また、こんな……)

不可抗力での痴漢まがいの行為なら、まだ弁解の余地があるかもしれない。けれど今回は自分の意思で動いていて言い訳できない。彼女だってキスは初めてのはず。いくら性に対して好奇心旺盛でも、さすがにショックを受けているはず。

（離れなくちゃ……。早く、早く……！）

彼女を突き飛ばしてでもやめなければ。けれど焦りとは裏腹に、身体はますます密着していく。それだけでなく、重なっているだけの唇から、触れているだけの舌先から、愛撫のような心地よさが全身の肌に行き渡る。

（卯民さん、何してるのよ。早く逃げて……！）

自分が動かないのを棚に上げ、束咲に抵抗を期待する。その彼女は、目を閉じ、わずかに顔を傾けて、まるで、うっとりとキスに耽っているかのよう。

（そんなはずないよね。音を立てないようにしてるだけだよね？）

そうでなければ、こんな場所での、同意のないファーストキスで、おとなしくしていられるわけがない。

なのに、混乱と困惑の最中。束咲が舌を動かした。先端を小さく細かく左右に振って、まるで味見でもするように硝の舌の表面（おもてづら）をくすぐってくる。

（ひぁ――――ッ!?）

たったそれだけで、電撃が身体を縦に貫いた。指先までピリピリ痺れて、思わず両手で彼女のTシャツを握り締める。無意識にじゃない。明らかに意図的な動き。硝は、電撃よりもそちらに衝撃を受けた。嫌がっているはずという前提から一歩も外に出られないせいで、ますます混乱に陥っていく。

（卯民さん教えて。あたし、どうすればいいの？　続けてていいの？）

無言の問いに彼女が答えてくれるわけがない。ただ、硝も唇を離せずにいた。この心地よさを中断すると考えるだけで、狂おしさに胸を掻き毟りたくなる。

昼間の熱気が残っているのか、ロッカーの中はじんわり汗ばむほど蒸し暑い。思考は鈍り、快感に心が引きずられていく。

（あ……）

薄く開いた唇から、唾液が溢れた。それは舌の上を伝って、束咲の口の中へ。どうしようと思う間もなく彼女が顔を傾ける。すると、温かい粘液が硝の方に戻ってきた。

「ソ……んっ⁉」

蚊の羽音のように、とても小さな呻きが漏れた。

他の人の唾液が口に入ってくるなんて初めての経験。彼女の性器にキスしたことを思えばなんてことないはずなのに、頭をハンマーで打たれたような衝撃が襲う。それは、決して嫌悪などではなく、舌が痺れるような気持ちよさ。

「ん……ん、ん……ふむぅん……」

鼻から息が漏れる。せっかく口を塞いでいるのに、喘ぎ声が出そうになる。ぬるりとした唾液の感触に、自制心も罪悪感も弛緩していく。

（どうしよう……。駄目なのに……気持ちよすぎて、声……出ちゃうっ）

彼女は目を閉じ、じっとして動かない。何を考えているのかも分からない。

快感に悶えているのは自分だけなんだろうか。それより、この状態を外の人たちに見られたらどうしよう。不安と焦燥が頭で掻き混ぜられて、硝の精神を追い詰めていく。

「――はいＯＫ！　とっとと撤収して晩メシにしよう！」

あと三十秒遅かったら、きっと大声で叫んでいた。監督の声で我に返り、慌てて束咲に抱きつき直す。キスは息を潜める目的に戻り、じっと外の様子を窺う。

途中から演技を見るのも聞くのも忘れていた。秘密の撮影が終わり、スタッフたちの声や足音が遠のいていく。明かりが消え、完全に人の気配がなくなったのを待ち、そして。

「………………ぷはっ！」

二人はロッカーを飛び出した。その勢いのままベッドに転がる。シーツには委員長たちの情事の痕跡が残ったまま。それをいいことに抱き合いながらゴロゴロ左右に転がって、互いの唇を貪り合う。

「ちゅ、ちゅっ、ちゅぱ。はぁ、はぁ……じゅる、じゅるるっ」

唇を吸う音、息継ぎをする音、零れた唾液を啜る音が、絶え間なく保健室に響く。

「はぁぁ……はぁぁぁ……」

上になった束咲が、硝の頭の脇に手を突き見下ろしてきた。

暗がりの中でも、鮮明に見える。ほんの十数センチの距離で、二人の唇を濃厚な唾液の糸が繋ぐのを。そして、彼女の目が爛々と輝いているのを。

束咲にとって、ロッカーという閉鎖空間での発情は拷問に近かったはず。そこから解放されたこの状態は、室内とはいえ屋外も同然。欲情の歯止めが利いていないに違いない。

「はぁぁぁ……！」

束咲は、喘ぎとも呻きともつかない声で、再びむしゃぶりついてきた。硝も、彼女の首に腕を回して受け止める。

（卯民さん、いいの？　本当に、こんなにキスしちゃって構わないの？）

彼女から口づけてくるのだから、改めて確かめる必要なんてないはず。それでも戸惑いは拭いきれなかった。だから、心の中で繰り返し問いかける。ただの言い訳でしかないと分かっていても。

（あぁぁ……。身体、ふわふわするぅ……）

唇を合わせるだけでは物足りない。舌と舌とを踊るように絡みつける。

「はぁ……南海さんの、唇も舌も、柔らかぁい……。ん、んちゅ、ちゅぱ」

「卯民さんのも、とっても……あぁ、んはぁぁ……」

束咲だけじゃない。硝も、次第に我を忘れてキスに溺れた。委員長たちの芝居に当てられたのか、ロッカーに閉じ込められている間に蓄積した欲情が暴走したのか。

そんなの、どっちでもよかった。舌の表面のザラザラが擦れるたびに快感が頭を貫き、溢れる唾液を飲み込むわずかな時間さえ惜しんで、唇を押しつけ合う。

（こ、こんなにエッチなファーストキスになるなんて……）

予感は、あった。初めての相手は、束咲になるかもしれないと。これだけ性的な遊びにのめり込んでいるのだ。いつそうなっても不思議じゃない。求められたら、躊躇はしても最終的には応じていただろう。

とはいえ、最初から舌を使って唾液まみれになるなんて、さすがに想像の範疇外。

（でも……でも……気持ちいい！）

今までのどんな愛撫より、堪らなく気持ちいい。舌が触れ合うたび電流のような快感が背筋を駆け上がり、思考力を荒々しく削っていく。

「ンぷ……はぁぁ……！」

束咲が顔を上げた。長時間のキスで呼吸困難になったのか、激しく空気を貪っている。硝も深呼吸して再び唇を合わせようとしたら、いきなり首筋を舐め上げられた。

「ンふぁあぁぁぁんっ！」

もっとキスしていたいという不服と、不意打ちへの驚きで悲鳴を上げる。しかし一瞬の後には、首筋をねっとり這い上がる甘い痺れに意識が搦め捕られた。

「ぺろ、れろ、ちゅ、れろっ」

「ふは……あ、あぁぁ……」

小さく首を仰け反らせると、彼女が身体を重ねてきた。Tシャツ越しの、乳房の感触に酔い痴れる。でも首を這い回る感触が、急に大事なことを思い出した。

「あ、卯民さん駄目っ。あたし、汗くさい……」

「平気だよ。私だって同じだし。気になるなら、綺麗にしてあげる……」

忠告したら、さらに強く舌を押し当てられた。わざとらしいほどゆっくりと汗を舐め取り、羞恥を煽ってくる。

「だめ、恥ずかし……ひンッ」

首筋のゾクゾクに、全身で身悶えする。しかし、快感には抗えず、腰を左右に捩るのが精一杯。しかもその動きを利用して、Tシャツを捲り上げられた。

「ま、待って……。そんな乱暴に……」

束咲らしくない荒っぽい手つきで、有無を言わさず頭から抜き取られる。汗舐めの辱めが逆に硝を昂らせ、裸にされることにも異様な興奮を覚える。でも、脱がされた次の展開までは考えていなかった。束咲が、脇の下に舌を這わせてきたのだ。

「ふぁっ⁉　ちょ、そんなとこ、だめ……はぁうっ。ふぁ、はあぅぅあぁぁぁ……！」

想像すらしていなかった場所を舐められ、理解が追いつかない。しかし、頭の戸惑いなんてお構いなしに、身体が勝手に快感を受け入れた。背筋の疼きで腰が浮き、足首を回転させながら悶えまくる。

「う、卯民さん……。どこで、こんなこと……ふぁっ、知って……んンッ‼」

「エッチぃ勉強は、いっぱいしてるから……。ん、ぺろ、ぺろっ」

「あひっ、ンひぁ、ひぃぃぃッ‼」

そこの汗の掻き方は、首筋なんか比ではないはず。束咲は気にする素振りすら見せず、細かな舌使いで舐めまくった。くすぐったいのか気持ちいいのか、判別できない感覚に、言葉にならない悲鳴が迸る。

「やめ……っ。そこ……お願いだから……！　やぁぁぁ……」

「じゃあ、こっち」

移動したと思ったら、今度は乳房の間に浮いた汗がターゲット。膨らみを左右から掴んで寄せて、あえて狭くした谷間に鼻先を突っ込んできた。

「おっぱいなら構わないよね。ぺろ、れろれろ、ちゅっ」

「ふぁ、ふぁっ、ンふぁあぁぁうっ」

硝は、涙目で顔を左右に振り立てた。乳首がピンと硬く尖って、彼女の頬に当たっている。乳輪まで膨らんでいるのが、見なくても分かる。感じている反応をあからさまに示す自分の身体が、恥ずかしくて堪らない。

「い、意地悪しないで……。そこも……だめぇっ」

「ンもう、ワガママだなぁ。どこなら舐め舐めしていいのぉ？」

場所が問題なのではなく、汗を舐められたくないだけなのだけど、徹底した辱めの連続攻撃に硝は音を上げた。

「じゃあ、じゃあ……あそこ……んぁぁうッ！」

思い余って一番恥ずかしいところを答えるや否や、束咲は素早く移動して、リクエスト通り性器に舌を這わせた。しかも直に。いつ下着を脱がされたのか分からなかった。きっと汗舐めで悶えている最中なんだろうけど、そんなことはどうでもいい。

「そこ、もっと、深く……！」

待ち望んでいた快感にのめり込む。両手で東咲の頭を秘部に押しつける。彼女は要望を遥かに超える強さで、舌を食い込ませてきた。

「んあぁぁぁうッ！」

淫裂を掻き回され、膣口を突かれ、下半身がビクビク震える。脈打つように溢れる淫液も、残らず彼女に飲み込まれる。硝は跳ねる背中を抑えきれず、さらに快感を貪ろうと自ら大きく脚を広げる。

「南海さん……」

その脚の方から、東咲の切なそうな声がした。見ると、泣き出しそうに潤んだ目で見上げてきている。その視線だけで理解した。彼女の身体も、強い肉欲に苛まれているのを。

「はぁぁぁ……っ！」

硝は荒い息を懸命に整えて、汗だくの顔で、優しく微笑みかけた。

声にならない感嘆の息。辛そうだった東咲の瞳が、瞬時に輝きを取り戻した。性器に口づけたまま、いそいそと身体を半回転させる。

「………あ」

彼女が顔を跨いでくる。それと同時に、粘液が糸を引いて垂れてきた。唇に落ちたそれを当たり前のように舐め取る。

その途端、ゾクゾクッと欲情が駆け巡った。まるで媚薬でも飲まされたように。硝は夢中で彼女の腰を引き寄せて、考えるより先に、ぐしょ濡れ亀裂にむしゃぶりついた。

「はぁぁあ……あぁぁぁっ！　あぶっ、ちゅ、ちゅる、じゅるるっ」

「はぁぁん、あぁあんっ。凄い……！　腰、溶けちゃいそう……！」

束咲の甘い喘ぎに、腰ばかりか頭まで蕩けそうだ。二人は互いに相手の脚の間に顔を埋め、淫裂に舌を這わせた。恥蜜を舐め取り、啜り、飲み下す。

「ふぁっ、あ、あ！　凄い……気持ちいい……！」

性器が疼きで脈打って、快感をお腹の奥に打ち込まれるかのようだ。気持ちよさに溺れながら、硝も必死の舌使いでお返しする。

「南海さん……っ！　そこ、そこ……凄くて……そこぉ……！」

膣口周りに舌を押し当てると、束咲の声が上擦った。硝はそこに攻撃を集中させ、彼女を一気に追い詰める。

「ひゃんっ。そこばっかりされたら……。だめっ、ひぃんっ……いぃぃぃン！」

束咲が甲高い喘ぎをあげるけど、いいのか駄目なのか分からない。都合のいい方に解釈し、円を描くように素早く舐めまくる。

「南海さん……ッ！　強すぎりゅのぉぉっ」

太腿に顔を挟まれた。潰れそうな凄い力で、本当に感じてくれているのが分かって嬉しい。ところが、胸が満たされて油断した隙に、反撃を許してしまった。クリトリスに強烈な快感電流が走る。彼女の舌が、荒っぽい動きで過敏な肉芽を転がし始めたのだ。

「ひぁん!?　それ、ダメっ！　いったん待って！　感じすぎる、から……あぁぁぁっ！」

もちろん、そんなお願いを聞き入れてくれる束咲じゃない。そして硝も、本気で中断してもらおうなんて思っていなかった。ロッカーの中で溜め込んでいた欲情は、こんなものでは解消できない。言葉とは逆に、身体の悦びに頭が侵食されていく。

「やんっ。私、もう……もう……」

先に攻撃されていた分、束咲の方が絶頂に近かった。珍しく優勢になったこの機は逃せない。自分が感じたいのを後回しにして、舌先に意識を集中。螺旋を描いていた膣口周辺から、一気に核心の孔に突っ込む。

「そんなに激しくしたら……。だめ、イッちゃう……。あ……あ！」

瞬間、束咲の声と身体が強張った。硝の舌先を締めつけるように膣口も収縮する。

「イク、イク……。ンあんっ、ンぁぁッ！」

甲高い悲鳴と共に、彼女の背中がバウンドした。何回も跳ね上がったかと思うと、次は何かに耐えるように、硬直した身体をピクピクと痙攣させる。

「ふぁ、あふぁ……あ、ンあ……。わ、私が……先にイカされちゃうなんて……」

喘ぎながらの声色に、悔しさが滲む。やっぱり、エッチの先輩としてのプライドがあるみたいだ。ともあれ、彼女の絶頂で少しだけ冷静さが戻る。硝にも欲情の火は残っているけど、そろそろホテルに戻った方がいいだろう。

「ねえ、卯民さ……んむぅ⁉」

身を起こそうとしたら、身体を反転させた束咲にのし掛かられた。背中がベッドに逆戻り。口をキスで塞ぐや、まるでスポンジを搾るように、唇で硝の舌を吸引してきた。

「んむ……ンみゅぅぅっ！」

体内で、欲情の残り火が瞬く間に再燃。甘くて強烈な痺れが走って背中が浮く。彼女はその隙間に手を挿し入れてしっかりと抱き締めると、さらに強く吸いついてきた。意識まで吸い取られそうな快感に身悶えする。その間に、怪しく蠢く指が下半身へと忍び寄っていた。それは、鼠径部のラインに沿って滑り降り、瞬く間に恥溝を捉える。

「今度は南海さんがイク番だからね。容赦しないんだから」

「え、ちょ……。何するつもり……ふぁ⁉　ンふぁあぁぁんっ」

いきなり助走なしで淫裂を掻き回されて、蕩けそうな衝撃が腰に走った。中指と薬指で素早く陰唇の襞を震わせてくる。未消化の欲求に悩まされていた身体は、一瞬で絶頂寸前まで追い詰められた。

「待って、待って！　いきなりそんな……んあっ、や……ンむぅっ！」

身体の急激な昂りに気持ちが追いつかず、頭がどうにかなりそうだ。手加減してもらうにも、キスで口を塞がれる。逃げ道を失って、見開いた目に涙が溢れる。

(待って、本当に待って！　気持ちよすぎて、わけ分かんないよぉ！)

必死になって快感に追いすがる。自分から腰を動かし、彼女の指に淫唇を擦りつける。その淫猥な行為の最中、彼女の目が細められた。

「んふ……」

口づけている唇からも、笑ったような息が漏れる。底なしの性欲をからかわれたみたいで、顔がカッと熱くなった。羞恥を処理しきれない硝は、快感に逃げ道を求めた。両手でシーツを握り締め、彼女の唇に吸いつきながら腰を振り立てる。

「ふぁ、んぁ、んふぁぁあっ！　もっと、もっとして！　もっと強く……ンむぅぅっ！」

「あぁぁぁ……。南海さん可愛い……！　イッて、思いっきりイクとこ見せて！」

「あん、いやぁんっ。それより、キスして……キス、キスぅ！」

絶頂なんて何度も見られているのに、改めて求められるとやっぱり恥ずかしい。せめて意地悪な視線を妨げようと口づけを求める。そうでなくても、単純にキスしたかった。

けれど束咲は、からかうようにギリギリ届かない範囲で舌を覗かせるだけ。そのくせ、淫裂を苛める指を加速させてきた。キスしてくれない欲求不満と、淫裂の激しい快感がせめぎ合い、硝を狂おしく悶えさせる。

「こ、このままイクの……やだぁっ！　あぅ、ふぁんっ。もう、もう……っ！」

身体がガクガク震えて絶頂が近づく。もうキスは諦めて絶頂してしまおうかと覚悟した瞬間、束咲が唇を重ねてきた。ただ触れるだけの、本当にファーストキスらしい軽くて甘い口づけ。でもそうとは思えないほど強烈な電流が、全身を一気に走り抜けた。

「……ふむっ⁉　ンあ、ふぁッ。何これ、凄いの来るっ！　イッちゃう、はう、ンあぅ、ふぁあぁぁぁぁぁッ‼」

束咲の腕の中で身体が何度も跳ね上がる。暴れる自分を抑えられず、硝は為す術ないまま、絶頂快感に弄ばれ続けた。

翌日、硝の分の撮影は、主人公のドッペルゲンガー役のみ。早々に出番が終わり、控室に戻った。最初は普通の教室のように整然と並んでいた机は、いつの間にか中央部に寄せられて、大きなテーブルになっている。

「ただいまー」

「あ、南海ちゃん。お疲れー」

定位置に座ると、隣の座席の妹ちゃんがスティック状のお菓子を差し出してくれた。それを一本もらうと、メイクを落とすため机上の鏡に向かう。本当は衣装を汚さないよう脱いでからにするべきなのだけど、なかなかそんな気になれない。この制服は、東咲も袖を通す。可能な限り、彼女を感じていたかった。

襟元にタオルを差し込んで念入りにガード。丁寧にドーランを拭き取っていく。

その作業の最中、指先が唇に触れ、ドキリと心臓が跳ね上がる。

（あたし……キス、したんだ……）

それがどうしたというんだろう。もっと過激なことをしてきたのに。

軽く、輪郭をなぞってみた。彼女の触れた感覚が甦り、ドキドキに拍車がかかる。

思い出したのは口づけだけじゃない。ロッカーの中で抱き合った記憶もまた、硝の胸を昂らせていた。密着した彼女の柔らかさ、匂い、息使いの温かさ。そして、狭い空間から解放された瞬間の反動は凄かったというか、欲情一色になったというか。普通に屋内だったのに、いつもの屋外散歩以上に興奮していた気がする。

（てことは……。卯民さんて、外や裸でなくても、普通にエッチな気分になれるんだ）

もしかしてこれは、今まで見出せずにいた攻略法のヒントになるのではないだろうか。

こんな仕事の現場でも発揮してしまう露出趣味は、どこかの機会で矯正しなければならない。忙しさにかまけて忘れがちだけど、硝にはその責任がある。

ただ、気になることもあった。硝の中で、以前のような差し迫った焦りがない。使命感のようなものが希薄になっている。

（まさか、あたしまで外遊びに慣れすぎちゃったせい⁉）

そうは思いたくないけれど、よくない傾向じゃないだろうか。

「南海ちゃん、南海ちゃーん。どうかした？」

妹ちゃんが、怪訝な顔で肩を突いてきた。メイク落としの途中で固まっていたらしい。

「あ、ううん。ええっと……」

「分かった！　お祭りのこと考えてたんでしょ」

ほどよく綺麗に雲がかかった夕暮れの空に、神社の祭囃子が響く。今日は午後から休撮だった。地元の招待で、キャスト全員、夏祭りに繰り出すことになっていたのだ。色とりどりの浴衣に袖を通した少女たちが、下駄の音も軽やかに、神社への長い参道を歩く。

単に遊びに来たわけじゃない。この様子もビデオソフト化された際のメイキングに収録される予定で、見て回る順番などの段取りは決められていた。とはいえ、その他は基本的に自由。会話もアドリブに任されている。だからなのか、カメラと警備員に囲まれながらも、みんなそれらを意識することなく、自由な雰囲気でお喋りに興じていた。

「この浴衣も地元の人が用意してくれたんだって」「すごーい。ウタウサギ様様だねー」

ぽつぽつ露店が現れる中、メンバーが口々に主演女優を褒め称える。その当人は、胸を張って振り返り、仲間を見渡した。

「では、地元の方々と、そして私への感謝を忘れずに、節度を持って遊びましょう！」

ウタウサギの宣言に、女の子たちが「おー！」と歓声を上げる。

撮影に入って数週間。さすがに座長が板についてきたと感心した硝だったけど。

「はぁ、はぁ……。緊張するぅ」

彼女はくるりと背を向けたかと思うと、鳥居に手を突き呼吸を乱した。

「……やっぱり相変わらずかぁ」

苦笑いしつつ、ちょっと安心し、励ますように彼女の肩をぽんぽん叩く。その最中、背後から委員長の声が上がった。

「じゃあ、メンバー分けしようか」

ところがそこでひと悶着。出身地の違いで、組分けじゃんけんの方法が違っていたからだ。かけ声はもちろん、グーとパー派、グーとチョキ派などで論争が発生。結局は委員長のやり方で決着し、逆に妙な盛り上がりを見せた。

五、六人ずつ、三つの班に分かれて行動開始。硝も束咲と同じグループになれた。その割に、気持ちと足取りは、軽くない。

（どうせなら、卯民さんと二人きりで回りたかったなぁ）

あれこれ楽しいことを想像していたのに、望み通りにいかず、人知れず溜息を吐く。でも、考えれば分かることだった。

（卯民さんは主演なんだから、あたしが独り占めできるわけないでしょ）

自分に言い聞かせ、納得しようとする。それでも、釈然（しゃくぜん）としない思いが胸を覆う。

「――そういえばさ。この浴衣、なんでわざわざ市長さんが持って来たの？」

「ここのフィルムコミッションが市の主導だから、挨拶と視察を兼ねてなんでしょ」

「フィルムコミッション？　聞いたことはあるけど、何だっけ」

「うーん。ドラマとか映画のロケに使われそうな場所を紹介して、誘致して……あと、撮影のお手伝いをしたりする団体、かな。自治体がやってることも多いよ」

束咲が他の女の子らと楽しそうに雑談しているのを、硝は、数歩後ろからぼんやりと聞いていた。その話題ならよく知っているのに、会話に加わることに躊躇を覚えている。拗ねている自覚はあるにせよ、こうも気分が弾まない理由が、自分でも分からない。

束咲グループは、メイキング向けに露天で買い物をしたり、遊んだりするシーンを撮影。硝も楽しそうな顔で演技する。

「撮れ高ＯＫです。今度はあっちのグループに行きましょう」

　必要な時間分の映像を確保したメイキングチームは、別行動中の委員長グループの方へと移動していった。彼らはひと組しかいないので、あちこち走り回って忙しそうだ。

　ともかく硝たちは解放され、本当の自由時間となった。やっと束咲とゆっくり遊べる。そう思ったら、またも他の子に先を越された。

「ウサギちゃん、撮って撮ってー」

　束咲に撮影を要求する。彼女は「オッケー」と快く答え、スマホを構えた。最近は自撮りにも抵抗が薄れてきたのか、慣れた手つきで自らにカメラを向ける。

「今日は、地元のお祭りに来てまーす。みんなも一緒でーす」

「いえーい」「見て見て、浴衣だよー」

　ウタウサギの合図と共に、共演者たちがフレームインする。さらにそこへ、ウタウサギのファンらしい少女たちが声をかけてきた。

「撮影中っぽかったから、終わるのを待っていたんです！　何かの取材ですか？」

　かなり興奮気味に語っていて、本当に大好きなのだと傍目（はため）にも分かるほど。

　その光景を、硝は、少し離れたところから眺めていた。束咲を中心に、楽しそうな声と笑顔が集まっている。自然に人を惹きつけている。

「これが、カリスマ性ってものなのかな……」

　望んで手に入れられるものではない天性の才能。彼女は、それを持っている。

「あの子は意識してないんだろうな。まぁ、あたしだって分かってなかったし」

最近は大きな仕事に一生懸命で、そしてエッチなことに夢中になって、あまり意識していなかった。でも、改めて思い知らされる。

「あたしとは、何もかもが違う。きっと、見えている世界が全然違うんだ……」

何だか、今まで以上に彼女を遠く感じる。今の硝は、世界どころか自分の場所すら見えていないのだから。

そんな卑屈なことを考えていたら、ふと後ずさりして、背を向けて。

気がついた時には、見慣れない雑木林の中にいた。

「…………あ、あれ？　ここ、どこ⁉」

階段を上がり、拝殿を見かけたところまでは覚えているけれど、その後があやふやだ。

林を抜けた先に手すりがある。見下ろすと、結構な高さの崖だ。まるで行き止まりに追い詰められたようで一歩も動けなくなり、その場にしゃがみ込んでしまった。

「はぁ……。あたし何やってんだろ。まさか、こんなところで迷子とか……」

出演陣には宿への門限がある。いつまでも迷子になってはいられない。しかし戻ろうにも、どこをどう歩いてここまで来たのか不確かで、無闇には動けない。

手すりの隙間から、町を見下ろす。過疎化が進む地方なので家は少なく、大きな施設もない。都会とは風景がまるで違う。彼方(かなた)には広い河川敷を持つ大きな河。普通の精神状態で眺めれば風情を感じたかもしれないけれど、今はただ、寂しく映るだけ。

その景色も、ほどなく夕闇の中に沈んでいった。

「みんな心配しているかな。もしかしたら怒ってるかも……」

自分が情けなくなって、手すりに突っ伏した、まさにその時。

「み、見つけたぁ〜……！」

地の底から響くような恨みの声が、暗い林の中から聞こえた。ゼイゼイと息を切らした束咲が、前屈みの姿勢で近寄ってくる。その目には、疲労と、明らかな怒りの色が。

「何やってるの。勝手にいなくなったら駄目でしょっ！」

「ご、ごめんなさいっ！」

普通に叱られた。飛び上がって起立し、頭を下げる。

「はぁ……。とにかく良かった。みんなには合流したって連絡しておくから」

安堵したように息を吐き、束咲が携帯でメッセージを打つ。まさか本当に迷子扱いされていたとは思わなかったので、申し訳ない気持ちが一気にのし掛かる。これは遊びではなく仕事の一部ということが、完全に頭から抜けていた。

「本当にごめんなさい……。プロとしての自覚がなかったよね」

「そういうことじゃないよっ」

さらに深く下げた頭が、束咲の胸にふわりと抱え込まれた。

「何か……嫌なこと、あった？」

その穏やかな尋ね方に胸を衝かれる。硝の様子がおかしいのに気づいていたんだろう。

本当のことなんて話したくない。でも、心配させたお詫びはしなくてはならない。

「それは、その……。だって……卯民さんが、人気者……だから」

「……はぁ?」

心底、意味が分からないという顔をされた。当然だ。立場が逆なら、硝だって同じ反応をする。とはいえ、卑屈な話なので、とても言いづらい。

彼女の胸の中で顔を逸らしたら、両頬を挟まれた。グイッと首を捩じり、強引に正面を向かされる。それでもなお目を逸らすけど、力ずくで眼球を戻そうとしてくる。

「いたっ、いたたたっ！　痛い、痛いって！」

「だったら、もっと分かりやすく話しなさいっ。拗ねてるだけじゃ分からないでしょっ」

見透かされると、余計にへそを曲げたくなる。けれど心配させてしまったし、それ以前に、束咲には色々な意味で負い目があるので、素直に口を開く以外の選択肢がない。

「さっき卯民さんの自撮りにみんな集まってて……。やっぱり人気者なんだなぁって。みんなに愛される才能があるんだなぁって思ったら、自分が情けなくなって……」

努力不足は補えるけど、生まれついてのカリスマ性は如何ともしがたい。それを知ってしまったら、凡庸な人間は拗ねるしかないだろう。

「あたしなんて、名前の通り硝子よ。脆くて目立たなくて、存在感のない人間なの。事務所のオーディションに受かったのだって、何かの間違いだったんだよ」

拗ねついでに、自虐まで口走っていた。その途端、束咲の目が据わる。

「………はぁ？　ガラス？　一体、何の話をしてるの？」

しかも、語尾が強く上がる疑問形の繰り返しで問い詰められた。その非難の目つきも声も、普段の彼女からは想像できないほど怖くて、親に叱られた時より竦み上がった。

（でも、どうしてそんなに怒ってるの？　……ああ、そうか。卯民さんは好きで有名人になったわけじゃないんだった）

それなのに、人気を妬むようなことを言われても面白くないだろう。

「あの、ごめんなさ……」

「ガラスの何が悪いの⁉　雨や風から守ってくれる大切なものでしょう！」

「え、あ……そっち？」

人気云々は見当違いだったみたいだ。想定していなかった方で怒られたので、自省の勢いがちょっと削がれた。

「あ。ガラスっていっても、窓だけとは限らないか。ガラスのコップとか……ガラス細工とか、それから……あ、この前テレビでガラスペンとか見た」

だんだん話がずれてきた。硝の目が点になる。

「つ、つまり何が言いたいかっていうとね、えーっと、ガラスは色々と形を変えて、役に立つ……そう！　色々な役に変化する役者さんにはピッタリだと思わない？」

しどろもどろで目を泳がせて、後付け感が甚だしい。それに、娘の役者業に関心の薄い両親のことだ。名付けた時、絶対にそんなこと考えていなかったはず。

（でもまあ、親が娘に、わざわざ変な意味の名前をつけたりはしないよね）

あまり自分の名前を好きでなかったこともあって、今まで確かめずにきてしまった。

「あ、あとね！　さっきの自撮りは映画のＳＮＳ用！　だから、本当は南海さんもいなくちゃいけないの！」

そういえば、束咲はそんな役目も担っていた。プライベート用と思い込んで勝手に嫉妬していた自分は、相当に間が抜けていたみたいだ。

「事務所に受かったのだって、私は間違いなんかじゃないと思うよ。向こうだって、たくさんの芸能人を見てきたプロなんだし、何の見どころもない人を入れたりしないよ」

「そう、なのかな……。そんな風に考えたこと、一度もなかった」

確かに、使える見込みのない女の子を採用したりはしたないだろう。

ほんの少し、胸が軽くなった感じがした。彼女がくれた名前の理由は、口から出まかせかもしれない。事務所オーディションの話だって想像にすぎないだろう。それでも、今の自分を肯定してもらえた気がして、嬉しい。

「ところで……さ。今さらなんだけど……。南海さんの名前って、梢（こずえ）じゃなかったの？」

せっかく浮上しかけていた気持ちが、一気にガクンと下降した。本当に今さらだ。まさか、これだけ親密な付き合いをしている彼女に間違えられていたなんて。

「しょうだよ、しょう！　確かによく間違えられるけど！　それを言うなら、卯民（うたみ）も束咲（つかさ）も、一発じゃ読めなかったもん」

頬を膨らませて抗議すると、束咲は、硝の顔を両手で挟んで、間近まで引き寄せた。

「……じゃあ、硝ちゃん。改めて言うけれど。あなたは勝手に消えたら駄目。ずっと、私のそばにいなくちゃいけないの」

「そ、それってどういう意味……」

ドキリとした。急な名前呼びと、低く密やかな彼女の声に。赤く染まった頬を見て、唇が熱くなる。あのキスの感覚が甦って、身体が疼き出す。

「私、映画の現場は素人なんだからっ。プロの人が一緒にいてくれないと困る」

「何それっ。もういい加減慣れたでしょっ！」

そんなお世話係みたいな理由だなんて。期待していたのと違う理由に、堪らず反論してしまう。でも、思わず喚いた自分の声で、ふと我に返る。

（あたし、何を言って欲しかったんだろ。何を期待してたんだろう……）

気づくと、彼女の顔がさらに近づいていた。まるで自問の答え探しを邪魔するように、吐息が唇を撫でてくる。

「あの……あの……」

「そんなわけだから、団体行動を乱した硝ちゃんには、座長が罰を与えます」

「へ？　罰って……きゃあ⁉」

背後に回った手が素早く動いて、帯を解きにかかった。硝は慌てて飛びのいて抵抗するけど、すでに結び目は緩んでいた。浴衣の前身頃が開き、ブラやパンツが顔を覗かせる。

「な、何を……!?」

「言ったでしょ。罰だよ。勝手に拗ねて、勝手に私から離れたのに、何のペナルティもないなんて許されないと思わない？　だから……今日は、硝ちゃんだけ裸族の子ね」

「だ……駄目だよ、こんなところで！」

迷惑はかけたけど、その命令は理不尽じゃないだろうか。それに、土地勘のない場所での全裸遊びは危険すぎる。そんなことに頓着しない束咲が帯を引っ張り、断固拒否する硝との間で綱引きになった。

「いいから、おとなしく脱ぎなさいっ」

「ちょっと、これ借り物だよ！　無茶しないで！」

そんな小競り合いの中にあっても、二人の警戒心は常に働き続けていた。闇夜の遊びで鋭敏になった耳が、林の向こうから近づく物音を、いち早く捉えたのだ。

「――――!!」

二人は、まるで捕食者の足音を聞きつけたウサギのように顔を上げ、示し合わせもせずに一番大きそうな杉の木の陰に駆け込んだ。幹を背にして、脱ぎかけの浴衣ごと束咲に抱きすくめられる。その直後、間一髪のタイミングで、二人連れの女の子が姿を現した。

「ここ、有名な穴場なんだって」

「有名って時点で穴場じゃなくない？」

「あれ？　ま、わたしたち一番乗りみたいだし、ベストポジション選び放題だよ」

何の話だろうと、硝は東咲と顔を見合わせる。そうしているうちに、他にも数組の人影が。全部で十人ちょっとだろうか。みんな一様に、手すりに沿って並び始める。

——どーんっ。

まるでその人たちの到着を待っていたように、夜空に閃光の華が咲いた。空気を震わす衝撃と、鼻を突く火薬の匂い。どうやらここは、花火見物の穴場だったみたいだ。手すり際から歓声が上がる。硝たちも隠れているのを一瞬忘れて、鮮やかな色に目を奪われた。

(もしかしたら、卯民さんも普通に花火見物を始めるかも？)

なんてことも期待してみたけれど、さすがに甘かった。逆に、花火に気を取られていた硝の浴衣が、肩から引きずり下ろされたのだ。

「——ッ!?」

悲鳴を予想していたように、キスで口を塞がれる。そして唇を合わせたまま、囁き声で警告してきた。

「……大きな声を出したら、みんなに見つかっちゃうよ？」

だったらこんな真似はやめるべき。理性ではそう考えるのに、身体の方は抗おうとしなかった。キスで縫い留められたまま、彼女の手が浴衣を剥ぎ取るのを許してしまう。

(駄目だって！　人、すぐ近くに……。こんな木じゃ隠れきれない……)

まとまらない思考が無造作に頭を流れる。その間に、浴衣と帯はひとまとめにして杉の根元に置かれた。下駄と下着だけにされた硝の姿を、花火の閃光が照らし出す。

「いくら花火の音でも喘ぎ声はごまかしきれないから、我慢してね」

「喘ぎって……本当にする気!?」

胸を密着させた束咲の囁きに戦慄を覚える。花火の見物客は少ないけれど、人数の問題じゃない。距離だって十メートルもないだろう。彼らとの間には、一応、腰の高さほどの繁みがある。ただ隠れ場所としてはあまりにも心許なく、危険度は今までで一番高い。

顔が蒼褪めて、身体が竦む。跳ね上がる心拍数で心臓が飛び出しそうだ。その一方で、秘部だけは熱く滾った。愛液が絶え間なく漏れ、下着に染みを作っていく。

「はぁ……はぁ……」

まだ何もされていないのに、呼吸が荒くなっていった。どうすればいいのか考えられなくて、泣き出しそうな顔で救いを求める。

「……欲しいんだ?」

「意地悪……しないで……」

彼女の首に腕を絡めた。唇の間から舌先を覗かせて、自ら彼女に吸いついていく。

「ちゅ、ちゅぱ、ちゅっ！　あ、あ……ん、んあ……はぁ、はぁ……じゅぱっ」

唇が触れた瞬間から、顔を左右に傾けての濃厚キスになった。舌を奥へ奥へと挿し込んでいく。彼女もまったく同じ動きで、梢の口腔内を舐め回してくる。

(何やってんのよバカ！　こんな人目のある場所で、しかも裸に剥かれて、呑気にキスなんてしてる場合じゃないでしょっ！)

理性が叱りつけるほど、身体は強く反発した。束咲を力いっぱい抱き寄せて、分泌させた唾液を送り込む。

「あは……」

彼女は嬉しそうな声を漏らすと、いったん唇を離した。そして口をクチュクチュ鳴らしながら、硝の頬に手を添え上向くように促してくる。何をされるのか考えるまでもなく、捧げるように舌を差し出す。

「いい子……」

低い囁きで褒められて、戦慄のようなゾクリとした悦びが背筋をくすぐる。その瞬間、彼女の口からとろりとした雫が垂れた。掻き混ぜられた二人分の唾液が、泡立つ濃厚粘液となって、糸を引きながら舌の上に落とされる。

「ふぁ……あぁぁぁ……」

唾液が触れた瞬間、頭のてっぺんから爪先まで電撃が走った。背中が引き攣り、お尻が跳ねる。強張る腕で必死に彼女にしがみつく。

（この感覚って……。あたし、イッちゃった⁉　まさか、こんなので……）

自分の反応に驚くのも束の間、束咲は硝の頭と腰に手を回し、のし掛かる勢いで唇を重ねてきた。割り込んできた舌が、含まされた唾液を口腔内で掻き混ぜる。ねちゃねちゃという粘着音を聞かされて、絶頂で震える身体に羞恥快感の追い打ちをかける。

「ちゅぱ、ちゅ。ふ、あ……んぁ……ちゅっ」

束咲の首にぶら下がっていないと、膝から崩れ落ちそうだ。攪拌唾液の匂いで思考がぼやけていく。それでも舌を絡みつかせるのをやめられない。

「はぁ、はぁ……。硝、ちゃん……」

「卯た……束咲……ちゃぁん……」

下の名前で呼ばれて、頭がさらなる悦びに侵食された。流し込まれてくるとろとろ唾液を、嬉々として飲み下す。

「ねえ、もっと。もっとぉ……」

こんなに蕩けるように媚びた声を、自分が出せるなんて思わなかった。判断力が落ちているのを自覚しながら、夢中で舌愛撫を求める。束咲はおねだりのご褒美のように、舌に唾液を塗りつけてきた。

「ふぁうっ……ンむッ!」

漏れそうな喘ぎ声は、彼女の口腔が吸収する。それで安心できる状況ではないけれど、花火の音も手伝って、警戒心に割いていた頭の容量を快感に振り分ける。

「ちゅ、ちゅぱ。はふ、ふは……。じゅる、ちゅるるうっ」

「硝ちゃんたら……。そんな夢中になってたら、ペナルティにならないでしょ」

そう言われても、こんな気持ちのいい罰を与える方が悪い。無理のある苦言に反論し、唇を舐めまくり、吸いまくる。彼女もキスに応じながら、背中を撫で回してきた。滲んだ汗で薄く膜が引かれた肌を、薄い爪でくすぐってくる。

「はぁぁぁ……」

快感に睫毛を震わせていたら、プチっと弾けるような音と共に、ブラのホックを外された。ストラップとカップが緩み、膨らみが外気に触れる解放感。

「………あっ⁉」

新たな緊張が走った。全身の強張りを象徴するように、胸の先端突起が張り詰める。それをはっきり感じ取れてしまうのが堪らなく恥ずかしい。思わず背中を丸めたら、カップの隙間が大きくなった。すかさずそこに、無遠慮な手が下から差し込まれる。

「硝ちゃんの乳首、すっごくコリコリぃ。分かるよぉ。外で脱ぐと感じちゃうもんねー」

「そ、そんなんじゃ……。あ、あ……あッ」

摘まれた突起を転がされ、快感電流がビリビリ走る。甲高くなる悲鳴はキスに絡み取られ、唾液の中に溶けていく。その粘液を纏った彼女の舌が、頬のラインを滑り落ちる。その感覚にうっとり浸っていたら、いきなり強めに首筋を吸い上げられた。

「ひぁうっ⁉」

今度の悲鳴は吸い取ってもらえない。硝は咄嗟に自分の両手で口を塞ぐ。それを上目で確認した束咲は、さらに首筋を責めてきた。啄むように吸いつき、ねっとりと舐め上げ、ビリビリとした快感を送り込んでくる。

「ひぁっ、ひっ、ン……ッ、んくっ⁉」

口を押さえたまま、両肘を持ち上げられた。声を抑えるために頑張っている腕を苛めるように、脇の下をチロチロ舐めてくる。

「ふむっ、んむっ、むぅぅぅっ！」

ただでさえ弱いところなのに、くすぐったさを超える気持ちよさに耐えられない。涙目で首を左右に振り、懸命に抗議する。すると、その希望を聞き届けたように唇が離れた。

しかしその移動先は、硬く尖った敏感乳首。右の乳房を両手で持ち上げ、先端をくるくると舌先で撫で回すと、乳輪ごと口に咥え込んだ。

「ふ……ふぁ……」

蕩けるような温かい口腔内で、柔らかい舌に包まれて、乳首はむしろ硬さを増す。それを見計らったように、彼女はいきなり歯を立ててきた。

「ふ――きゅうぅぅぅぅッ!!」

傷つけられることはないと分かっていても、イメージだけで股間が竦む。チロッと、下着の濡れる気配がした。またお漏らしかと焦ったけれど、流れ出す気配はない。

「もしかして、濡れちゃった？」

「え？　あ……」

失禁ではないと安心するより先に、からかうような声で束咲が囁いた。下着の底を撫でながら、濡れ具合を確かめる。

「苛められると感じちゃうなんて、硝ちゃんはやらしいなぁ」

「ち、違……。そんなんじゃ……あぅッ」

パンツに突っ込まれた手が、クリトリスを摘み上げた。痛みに反応し、硝の秘部が再び多量の蜜を溢れさせる。

「ほら、またお漏らし。もう認めちゃお。硝ちゃんはエッチな娘だって」

「そんなんじゃ……。あたし……エッチなんかじゃ……」

変な遊びを教えた張本人のくせに、どの口が言うんだと逆に問い詰めたい。でも、そうさせたのは自分だという思いが頭をよぎり、どうしても言葉を呑み込んでしまう。複雑な事情と感情に苛まれ、返事に困った挙句、できるのは「イヤイヤ」と首を振るだけ。

「事実を認めないなんて、困った子だなぁ」

呆れたように束咲が溜息を吐く。何だか、今日の彼女はやけに意地悪だ。

（もしかして、怒ってる？）

行動や言葉の端々に、苛立ちのようなものを感じる。まだ迷子を許してもらえていないんだろうか。

「あの、束咲ちゃん………あっ⁉」

戸惑いの中、いきなり下着を下ろされた。さすがに驚き声量が上がって、尺玉の大破裂音と歓声がなければ、絶対に聞かれていたレベル。束咲が「何してんのよ」なんて言いたげな目で咎めてきたけど、文句を言いたいのは硝の方だ。

（やめさせなくちゃ……。こんなこと駄目だって言わなくちゃ……）

自ら危ない橋を渡る必要はない。けれど、そんな分別なんて、快感への期待感の前には無力だった。束咲は、繁みの向こうの気配を気にしつつ、粛々とパンツを脱がせ続ける。硝も、自分から下駄を脱いで脱衣に協力してしまう。彼女は下着を浴衣の上に置くと、わざわざ下駄を履き直させてから、濡れ恥裂を中指でするりとなぞった。

「あッ……うっ」

その軽いひと撫でだけで、立っているのも辛いほど膝が震える。喘ぎが漏れる。

「ほら見て、びしょびしょだよ」

花火に映し出された指先は、たっぷりの粘液を纏って卑猥に光った。彼女はそれを口に含み、わざとらしく音を立てながら舐め回す。

「ちゅ、ぺろ、れろ。んふ……美味しいよ」

自分の淫蜜で彼女の唇が濡れている。卑猥なものを見せつけられて、硝の股間は激しい疼きで熱くなった。内腿を大袈裟にモジモジさせて、直に触って欲しいとアピール。そんな浅ましい姿まで見せているのに、彼女は一向に触れてこようとしない。

「ねえ、束咲ちゃん……。束咲ちゃぁん……」

下腹部に募る欲求に耐えきれず、泣きそうな声でおねだり。すると彼女は、呆れたように見下した目で、鼠径部を逆撫でしてきた。

「ふぁうっ！」

軽蔑とも取れる視線も相まって、甘美な淫電気が下半身をビリビリ痺れさせる。

その振動は、別のところにも作用した。さっきは勘違いに過ぎなかった尿意が、今度は明確な実感を伴って、下腹部を突っ張らせたのだ。

(これ……結構キテる……！)

自分から愛撫をねだったものの、ちょっと待ってもらわなければ。でもそれを告げる前に、束咲がしゃがんで脚に抱きついてきた。心身共に余裕がない中で、彼女の突飛な行動は硝を激しく動揺させた。

「つ、束咲ちゃん？」

「二度と……私から離れちゃ駄目なんだからね」

「え？　あ、うん。ごめんなさい……」

驚いた。そこまで念押しするほどに、迷子の件は重罪だったんだろうか。

(迂闊だったのは認めるけど……)

何であれ、機嫌を直してくれるなら何度謝っても構わない。というか、早くおしっこをしたい一心で、彼女の心情に考えを巡らせている場合じゃない。もう一刻も待てない状態で、内腿を締めながら腰が引けた格好になる。

「束咲ちゃん、あのね、あの…………ン、あッ!?」

「ごめん、待たせちゃったね。ちゃんと、続きしてあげる……ん、ちゅ、ちゅうぅっ」

今度は彼女の方がへりくだって、鼠径部にキスの雨を降らせてきた。どうやら怒っていたわけじゃなさそうで、それはそれでよかったけれど、今、その激しさは困る。

「ふあぁぁ!?　ちょ、ちょっと待って。それ、感じすぎて……あ、お願い待って！」

小声の制止なんて効果がない。下半身が痺れて、忍耐が限界に達する。今、舌先に恥溝を突かれたりしたら、待っているのは崩壊だけ。

「離れて……あッ⁉　だ、だ、だ……だめ……だめぇぇぇぇ……っ」

慌てて束咲を突き飛ばす。呆気に取られる彼女が見守る中、硝は、蚊の鳴くような悲鳴と共に、勢いのある水流を地面に叩きつけた。

「はぁぁ……あぁぁぁ……ふぁぁあぁぁ……！」

彼女の前でなんて今さら。だけど、美しい花火に照らされながらの野外失禁は現実味に乏しくて、おしっこが迸るたび腰が蕩けるように気持ちいい。硝は呆けた顔で、頭の中が真っ白になるほどの放尿快感に浸りきった。

「あぁぁ……。あ、あたし……また……」

こんなことに感じて、普通なら自己嫌悪に陥っておかしくない。それなのに、背徳感は身体と頭に快感だけを擦り込んでいく。

「硝ちゃん、いい顔……。お外でするのに嵌ってくれて、嬉しい……」

「あたし、そんなんじゃ……」

束咲が、ぎゅっと抱きついてきた。熱く囁かれ、そして粗相をした恥部を優しく撫でられて、腰砕けになるほど気持ちいい。綻んだ唇から垂れた涎を舐め取られ、否定の言葉も空中に霧散する。

「はぁぁ……あぁぁぁぁ……」

呆けた瞳で彼女を見詰め、唇に差し込まれる舌を受け入れる。最初はゆっくり、しかしすぐに彼女の動きが激しくなった。

「硝ちゃん、はぁ……。ちゅる、ちゅぱ、ちゅぷ、じゅるっ」

「あぷ、んふぁ、ンむっ」

舌も口腔も隈なく舐め回されて息苦しい。それでも、彼女の浴衣の袖を握り、自分からも動いて愛撫に応える。重なる唇の隙間から漏れた唾液が、顎の先端に流れ落ちる。

「束咲、ちゃん…………ふぁうっ⁉」

キスの感触に酔い痴れていたら、下の唇からも快感が突き上げてきた。指先が螺旋状に淫唇を掻き回し、膣穴に突っ込んできたのだ。

「あぅっ！　つ、束咲ちゃん……きつい……ンぐぅっ」

「でも気持ちいいんでしょ？　硝ちゃんのここ、締めつけて、吸いついて、ぬるぬるしてて……。あぁ凄い……。まだ第一関節くらいだけど、根元まで飲み込まれそう」

「そんな……あうっ、動かさないで……んンッ」

「動かしてないよ。硝ちゃんが私の指を吸い込んでるんだよ。ほら、またちゅってした。赤ちゃんに吸われてるみたい。やらしい……。硝ちゃん、やらしい」

「やらしくないもんっ。あたし……ふぁっ⁉」

今度は本当に膣内を掻き回された。慣れない恥穴には、指先だけの圧迫感でも相当に息苦しい。でもそれを遥かに上回る快感で、下半身がガクガク震える。

「あれあれぇ？　硝ちゃんのあそこ、クチュクチュいってる。これって、おしっこかな。それとも、別のアレかなぁ。ねえ、どっち？」

「知らないっ。分かんない……はぅ、うぁ、ん、ンきゅっ」

多分、両方。どっちにしても恥ずかしいことに変わりない。意地悪を耳に吹き込まれ続け、彼女の指が奏でる粘着音は、ますます大きくなっていく。

「ほら、くちゅくちゅ。くちゅくちゅっ」

「やだ、苛めないで……。もっと……じゃなくて、あっ、気持ちいい……。恥ずかしい、のに……あ、あっ！」

羞恥と快感がない交ぜで、言っていることが支離滅裂だ。もうどうすればいいのか分からなくなって、思い余ったように束咲の唇に吸いついた。

「ふむっ⁉　ん、ふ……ちゅ、ちゅぱ。れろ、ちゅぱちゅぱ、れろん」

彼女は一瞬驚いた顔をしたけど、即座に反応してきた。舌を吸われ、膣口を抉(えぐ)られて、硝の全部が快感漬けになっていく。あまりに激しいキスに息苦しくなり、二人は唾液でベタベタになった口元を舐めながら見詰め合った。

「はぁ、はぁ……。あは、堪らない……」

急に束咲が指を抜いた。その代わりと言わんばかりに、首筋や乳房に舌を這わせつつ、一直線に下腹部に向かう。

「ふぁっ？」

左足首を持ち上げられた。意図を察した硝は、されるがまま彼女の肩に脚を預け、その目にぐしょ濡れの秘部を晒す。

「凄い、綺麗……。はぁぁ……はあぁぁぁぁっ」

感嘆の声と共に、淫裂をべろりと舐め上げられた。それだけで淫液が溢れ出す。もう何も考えられない。快感を求める欲求だけが心を占める。

「もっと……。束咲ちゃん、もっと！」

「うん。美味しい……。硝ちゃんの、とっても……。はぁはぁ……ちゅ、ちゅぱちゅぱ、じゅるじゅる、じゅるっ」

「ンあぁぁぁっ！」

最後に残った理性で、必死に喘ぎを押し殺す。でもそれ以外は性欲という本能に衝き動かされて、大きく脚を広げるべく、自ら膝を持ち上げた。彼女も内腿を押しのけて、ディープキスのように性器粘膜へ舌を押しつけてくる。

「くちゅくちゅ、ちゅぱ。ちゅるちゅる、じゅぱっ」

「ふみゅうぅぅう、ンぐぅぅぅうッ！」

淫粘液を啜られる音に身体が昂る。片脚で立っていられるのが不思議なくらい全身が震える。上げた左足の爪先では、親指に引っ掛けただけの下駄がぷらぷら揺れる。

「凄い……。束咲ちゃん凄い……。あたしのあそこ、ぐちゅぐちゅ……。吸って、もっと吸って……。そう、もっと………そこぉっ」

「じゅる、じゅるるるっ」

「ひッ！　いい、いいぃっ！」

抉るような舌使いを、硝は恍惚として味わった。自分も懸命に舌を伸ばして、あたかも彼女のものを舐めているように激しく動かす。

「はぁ、あぁぁぁ……。束咲、ちゃん……。あたし、身体、ふわふわ……。浮いちゃう、飛んじゃうっ。捕まえて……離さないでっ」

襲いくる浮遊感に胸が締めつけられる。彼女は悲痛な声に応えるように腰を掴み、淫裂全体にかぶりついた。吐息が粘膜に吹きかけられて、その熱さだけで悶絶する。そこへ、尖らせた舌先が膣口に打ち込まれた。

「ひぁう、あぅ、ンあぅ！」

侵入してきたのは一センチにも満たないはず。それなのに身体を貫通されたような衝撃で息が詰まる。抉るように膣肉を舐められて、螺旋状の快感が駆け上る。

「ンッ！　ん、んむ……んぐっ」

両手で口を塞いでも、喘ぎはとめられない。他の人の存在を気にしつつ、それでも快感を求め、脚で束咲を抱き寄せる。

（束咲ちゃん……早く、早くイカせて……！）

切なげに腰を捩らせ必死のおねだり。心の声が届いたのかどうなのか、熱い唇がクリトリスを吸い上げた。

「――～～ッ!!」

可聴範囲を高音の悲鳴が指の間から迸った。腰が前後に暴れるのを、東咲の手が強引に押さえ込む。逃げ場がなくなった快感が体内に吹き荒れ、理性が壊れかけた瞬間を狙ったように、舌が淫核を弾きまくった。

「それダメそれダメっ！　飛んじゃう、イッちゃう！　ひっ、ひあッ、ひぃぃッ!!」

絶頂の嬌声が夜空に飛んでいく。衝撃が身体を貫き、東咲の縛めを振りきって腰も背中も前後左右に跳ねまくる。それでも構わず、容赦のない舌が淫核を弾いた。追い詰められすぎた硝の淫裂は、堪らず彼女の顔に透明な潮を噴きかけてしまう。

「ぷひゃぁ!!」

これは予想外だったのか、東咲が変な悲鳴で仰け反った。いきなり解放されたので、支えを失った硝の身体が地面に崩れ落ちる。

「――ねえ、今、変な声しなかった？」

花火客の方からそんな声が聞こえてきた。さすがに羽目を外しすぎた。二人は慌てて繁みに身を潜めて様子を窺う。ちゃんと浴衣を着ている東咲はともかく、パンツも穿いていない硝は、どうやっても取り繕えない。

二人は目と目で頷き合って、絶頂の余韻に酔い痴れる余裕もなく、こそこそとその場を退散した。

第5章　もう離れたくありません

校舎での合宿を終えた後、他のロケ地やスタジオでのセット撮影などを経て、映画は、無事クランクアップした。硝たちの今年の夏休みは、全部この仕事に費やされたと言って過言ではない。

といっても、本当の完成までには、実はまだ作業が山積み。編集、ＣＧ合成、ＢＧＭや効果音の音入れなどなど。公開前後には、俳優陣も宣伝に引っ張り出されることになる。

しかしそれは主人公クラスの人の仕事で、硝を含めた大半の役者は、ここで終了。

そんなわけで、今日は役者向けの打ち上げが行われていた。

結婚式などが行われるホテルのホールで、立食形式のパーティ。学生が多い俳優陣は、それぞれの制服で参加していた。撮影中は同じ服を着ていたからバラバラだと違和感があるね、というのがキャスト陣の共通した感想。

会場内に置かれた長テーブルに、豪華な食事が並ぶ。みんな、それらをお皿に山盛りにして、撮影中の出来事を語ったりした。ほんの数週間の付き合いだったけど、気持ち的には本当のクラスメイト。同窓会のような気分だ。

「ていうか、ウサギちゃんと南海ちゃんの制服、同じやつじゃない？　もしかして前から友達だったの？」

今さらそんなことに驚かれたりして、一人で少し気恥ずかしい気持ちになる。

「それでは、みなさまにひと言ずつご挨拶をいただきたいと思います」

雑談に興じていたら、司会者役の助監督がセレモニーを進行させた。

正面の壇上に、まずは監督から呼ばれる。いかにも場慣れしている感じで冗談を飛ばして会場を沸かせる。続いて主演のウタウリギ。見るからに緊張している彼女を微笑ましく見守っていた硝だったけど、いざ自分の番になったら、もっとひどいことになった。

「あの、あの、えっと。あたし、このような華やかな場は初めてで、えっと、何だっけ。その、今回が、名前のある初めての役で……」

話すつもりだった内容が、全部頭から飛んでしまったのだ。支離滅裂なのだけは明確に分かって、両手で握ったマイクには、声よりも息の方が多くかかる有様。結局、何を喋ったか分からないまま降壇した。普通に拍手されて、かえって恥ずかしさが倍増する。

「つ、東咲ちゃ〜ん」

ダメージが大きい。しばらく立ち直れそうにない。せめて彼女に慰めてもらおうと姿を求める。ところが、さっきまでいたはずの場所に見当たらない。

どこに行ったのかと会場内を見渡す。挨拶を見る人の群れの後ろの方にいるのを見つけたけれど、その姿に、硝は近寄るのをためらった。

映画関係者か、あるいは音楽関係者か。東咲は、彼女の母親と一緒に、偉そうなおじさんたちに囲まれていたのだ。

「次の映画の企画が……」「こちらで新曲の用意も……」

漏れ聞こえてくる内容から、仕事の話をしているのは明らか。

彼女だけじゃない。他にもいくつか、同じような塊ができていた。委員長やお姉さんといった数人の役者が、スーツ姿の男性と、大人の顔で名刺の交換なんてしている。

硝の足は、床に縫いつけられたように動かなくなった。さっきまで友達だと思っていた人たちが、まるで知らない世界の住人になってしまったかのようだ。近づいてはいけない気がして、自然と壁際まで遠ざかる。

「あっちは勝ち組だね」

そこへ、妹ちゃんが両手に飲み物を持って隣に立った。ひとつを差し出してきたので、ありがとうの意でコクンと頷き受け取る。

「ウサギちゃんとか委員長とか、名前が売れてる人は、ああやって次のお仕事も来るけれど、うちらみたいな無名は門前払い食らいがちだよねー」

「そんなのかな。可愛い子は目をかけてもらえるんじゃない？」

ひがみ口調の妹ちゃんに苦笑で返すと、彼女は、諦め顔で首を振った。

「実は、さっき委員長のとこに割り込んでみたんだけど、適当にあしらわれちゃった」

「え、やっぱりそういうものなの？　ていうか大胆だね」

「せっかく、色んな業界の人が来る場だもん。むしろガンガン売っていかなくちゃ。でも買ってくれる人がいないことにはねー」

やれやれ、といった感じでジュースを飲む妹ちゃんの目は、言葉とは裏腹に、次の獲物を探している。

「まあ、もし仕事がなければ、作ればいいか」

「作る？」

「うん。たとえば自主製作映画とか。演劇っていう道もあるよね。なんなら自分で劇団を立ち上げたっていいんだし」

硝は、目からウロコが落ちる思いだった。仕事は貰うものとばかり思っていたから。

(自主製作映画に、劇団か……。あたしに足りないのは、こういう貪欲さなのかな)

今回の現場が和気藹々としていたから忘れかけていたけれど、芸能界なんて生き馬の目を抜く厳しい世界。無名に冷たくて当たり前。それでも食い下がろうとするライバルを目の当たりにすると、自分は向いていないのか、なんて考えてしまう。

「待ってるだけじゃチャンスは来ないもんね。よし、あたしも……」

とはいえ、誰に話しかけたらいいのだろう。みんな大事な打ち合わせをしているように見えて、乱入するのは躊躇する。

何よりも硝の足を止めさせたのは、束咲の存在に他ならなかった。ずっと忙しそうにしている彼女は、何だか遠い存在のように見える。

夏祭りの夜、束咲は「私から離れちゃ駄目」と言った。けれど実際の彼女は、さらなる高みへ旅立とうとしている。そう思うと、芽生えかけた意欲が急速に萎んでいく。

迷って何ら実行できないでいるうちに、パーティはお開きになった。

「あたし、何をやってるんだろう。つまらないことでウジウジして……」

ホテルを出て、みんなと別れた後、硝は大きな溜息を吐いた。夕陽でオレンジ色に染まり始めた雑踏の中、ひとりで駅に向かう。

妹ちゃんの言った通り、今日のパーティは、次に繋げられる機会だった。たとえ直接の仕事は得られなくても、顔を覚えてもらうだけでも有意義だったはず。

「そういうことに気が回らないから、いつまでも芽が出ないんだよなぁ」

独り言を漏らしてばかりでは、余計にネガティブになりそうだ。項垂れていた顔を真っ直ぐに上げ、ついでに歩くペースも二割増しくらいに上げる。

「ちょ、ちょっと待ってよ硝ちゃん！」

すると、後ろから息を切らして束咲が追いかけてきた。お祭りの時に反省したばかりなのに、またも彼女に距離を感じて一人で行動してしまった。

「あ、ごめん。だって、束咲ちゃん忙しそうだったから」

「話してたのは、ほとんどお母さんだよ。知らないおじさんにいっぱい囲まれて怖かったんだからぁ。見てたんなら助けてくれればよかったのにぃ」

「助けるって、どうやって？」

「そうだなー。束咲ちゃーんって叫びながら扉をドンドン叩いて、それでバーンって会場に乱入して、それで私の手を引いてバスに飛び乗って逃げるの」

「そんな、昔の映画じゃあるまいし。ていうか、あたしも最初から会場にいるんだから、バーンって乱入はできないでしょう」

束咲は「あ、そっか」と笑い、並んで歩き始めた。でも硝は、無意識のうちに半歩後ろに下がってしまう。

(今のあたしに、この子の隣に立つ資格、あるのかな)

考えすぎだ、とは思う。だけど、足が重い。束咲はといえば、おじさん包囲網から解放された安堵感からか、お喋りに夢中になって、硝が遅れていることに気づきもしない。

「――それでさ、どうかな？」

「え、何？　何が？」

そして硝も、考えごとに没頭していて彼女の話を聞いていなかった。急に問いかけられたので、咄嗟にごまかすこともできない。

「もー、聞いてなかったの？　せっかくのパーティを楽しめなかったから、二人で打ち上げしようかって言ったの。実は、ちょうどいいもの持ってるんだー」

じゃーん、という効果音付きで彼女が取り出してみせたのは、人気テーマパークのペアチケット。それもホテルでの一泊付きで、二日間遊び放題。

「どうしたの、これ!?」

小さい頃に行ったきりだったので、悩みなんかついつい忘れて、チケットを持つ彼女の手を握り締める。

「炭酸飲料のキャンペーンで当たったの。一口しか送らなかったから、当選してびっくりだよ。変に欲張らずに、軽い気持ちで応募したのが逆によかったのかな」

舞い上がった硝の気持ちが、再び地に戻ってきた。ついさっき、これからは欲深くいかなければと思ったばかり。逆のことを言われて戸惑いが先に立つ。きっと、それとこれとは話が別なんだろう。でも、今の硝は割り切って考えることができない。

何だか乗り気になれなくて、遠慮しようと思った。彼女には配信仲間がいる。このチケットは、その娘たちに譲ることにした。

数日後の週末、硝は、テーマパークの入り口に立っていた。結局、東咲の誘いを断りきれなかったのだ。

「さて硝ちゃん。どこから行こうか」

その当人は、スマホにパークのマップを表示させ、忙しそうに指を動かしている。相当に楽しみにしていたらしく、あれこれと巡回ルートを組み立てている様子。

しかし、硝にはどうしても気になることがあり、遊びに集中できる状態にない。

「ねえ、本当に大丈夫？　いつもの仲間を誘ってあげた方がよかったんじゃあ……」

エッチをするならともかく、普通の遊び相手としては、配信仲間の方がずっと付き合いが深いだろう。そんな友達を差し置いて、自分が東咲といていいんだろうか。

「そもそもぉ、あのキャンペーンに応募したのはぁ……もし当たったら南海さんと一緒に行きなよって、みんなが言ってくれたからなんだよねー……」

硝は驚きを隠せず、目を最大限に大きく見開く。彼女はスマホでの検索に夢中で見ていなかったようだけど。それはともかく、どうして配信仲間がそんな気の利かせ方をしたのか理解できない。

「あの人たち、あたしのことを知ってるの⁉」

「うん。硝ちゃんが女優さんだって知ってる人、意外と多いみたいだよ」

「そういう意味じゃなくて……」

「それより、まずは定番のやつから行こう！　今日は夜まで遊べるからね。回れるだけ、いっぱい回るよー」

戸惑う硝の手を引っ張って束咲が駆け出す。当然、係の人に「走らないでください」と注意されて、なぜ配信仲間がデートを勧めたのか、有耶無耶になってしまった。

というより忘れさせられた。初っ端からパークのランドマーク的なジェットコースターに乗せられたせいで。絶叫系が苦手な硝は涙目で悲鳴を上げ、横の束咲はそれを見て愉快そうに大笑い。腹立たしさは覚えるものの、恐怖と一緒に高速で後方へと飛んでいく。

いくつもアトラクションを連れ回されて、もちろん楽しい気分になる。けれど、自分だけが誘われた疑問は、常に頭のどこかに残っていて、ふとした瞬間に思い出す。

「次、あれに乗ろっ」

束咲がスプラッシュ系のコースターを指差した。ゴール地点でプールに突っ込むようになっていて、ずぶ濡れ必至のアトラクションだ。

レンタルのレインコートを借りて出発。距離は短いけれどスピード感はかなりのもの。

「きゃーっ‼」

悲鳴と歓声が入り混じる中、プールに突入。派手に水しぶきを跳ね上げ、レインコートを着ていても、少なからず服が濡れてしまった。乗る方もそうなるのは承知の遊具なので、それ自体は構わない。問題は、隣の束咲にあった。

「――⁉」

彼女のスカートにも相当量の水がかかって、太腿に貼りつく。そのシルエットの感じが何を意味するのか察し、硝は目を丸くした。

「つ、つ、つ、束咲ちゃんっ。パ、パパパ、パンツは⁉」

「穿いてないよ、もちろん」

何を当たり前のことを、という顔をされ、硝は己のうかつさを呪った。そういえば、これが彼女の日常。自分のことにばかり気を取られ、その可能性について考慮していなかった。ともかく急いでコースターから降り、併設されたショップに飛び込む。目当てのものがちゃんと売っていてくれたので、大急ぎで会計を済ませた。

「はいこれ！　下着買ったから、トイレで穿いてきて！」

「えー、やだー」

あからさまに不満そうな顔と声。しかし、そんなものに流される場合じゃない。今度は彼女の手をグイグイ引っ張る番になって、トイレの個室に押し込む。

「何で硝ちゃんも一緒に入るの？」

「ちゃんと見張ってないと、穿いたふりしてごまかしそうだから」

束咲は「ばれたか」と舌を出し、素直に下着に足を通した。

「もー、自覚してよ。束咲ちゃんは有名人なんだよ？　映画だってこれからなの。今までみたいに友達だけで活動してたのとは訳が違うの。スキャンダルは色んな人の迷惑になるんだから、少しでいいから注意して」

せっかく誘ってくれた彼女に、嫌な思いなんてさせたくない。それなのに、口が勝手に動いてお説教を並びたてる。

(肝心なことは言いそびれるくせに、何で余計なことはペラペラ出るの？)

口下手な自分に嫌気が差し、叱った硝の方が落ち込んで俯く。すると、束咲がふわりと抱きついてきた。

「ごめんね。ありがと……」

「何が、ありがとうなの？」

謝られるのは分かるとしても、感謝されるような覚えはない。

「私を心配して叱ってくれたんでしょ。これからは、なるべく気をつけるようにするね」

確かにその通りだけど、そんなにはっきり言われたら、それはそれで恥ずかしい。それに、なるべくじゃなくて、普通に気にして欲しい。

（でも……普通って何だろう。穿いてないのが、東咲ちゃんの普通なんじゃないの？）

個人の趣味や都合に配慮していたら、普通なんて成り立たない。それは分かっているのに、いざこうして強引に下着を穿かせたら、どうにも妙な抵抗感がある。

「じゃあ……行こうか、東咲ちゃん。次のアトラクションも予約してるんでしょ？　遅れたらキャンセル扱いになっちゃう」

「あ、ちょっと待って」

トイレから出るなり、東咲に腕を掴まれた。案内地図の陰に連れ込まれる。何だろうと思うより早く、唇にチュッとキス。

「な……なに？」

目を丸くする硝に、彼女はにっこりと無邪気な顔で微笑みかけた。

「パンツのお礼。もっと濃厚なのがよかった？」

「だ、だから……！　外でそういうコトするのをやめなさいって言ったばかりでしょ⁉」

「分かった。それじゃあ……」

東咲は、急遽予定を切り上げホテルにチェックイン。そして部屋に入るなり。

硝をベッドに押し倒した。左手で頭を抱え込むと、キスで唇を塞ぎながら、もう一方の手をスカートの中に潜り込ませる。あまりにも有無を言わせない勢いでだったので、まだ

「あ、あ……。待って、東咲ちゃ……んむっ」

気持ちも身体も受け入れ態勢が整わない。

「お、お願い……。せめて、少し休憩してから……ンふぁっ⁉」

下着の中心を撫で上げられて、腰が跳ね上がった。彼女を押し戻すより、快感に意識が引っ張られる。ツイン部屋なのにベッドはセミダブル。二人一緒に寝ても問題なく、多少暴れたくらいでは、彼女の魔の手から逃れられない。

「あはぁ……。硝ちゃん、可愛い……。ちゅ、ちゅっ。ちゅぱ、ちゅぅうぅぅぅっ」

「ンむっふうぅぅっ」

啄み、吸引し、激しく唇を弄ばれる。硝の身体に悦びが満ち始める。ただ、彼女も冷静じゃなかった。下半身への愛撫はおざなりにして、キスに執着している。ロッカーへの立てこもり以来、唇の気持ちよさに取り憑かれているのは間違いない。

(でも確かに、キスって気持ちいい……)

いつしか硝も、彼女に抱きつき唇を擦り合わせていた。他の愛撫なんていらない、と言ったら嘘になるけど、満足感の種類が違う。束咲が夢中になるのも理解できる気がした。

「ん、ちゅ、ちゅぱ……チュッ」

「むふぅっ‼」

お腹に跨ってきた彼女に、思いきり唇を吸い上げられる。痺れる快感に堪らず仰け反ると、突き出した胸のボタンを外された。ブラウスの前面が大きく開く。ブラの隙間に手が挿し込まれ、カップが上にずらされた。弾みで乳房が小さく揺れる。空気に晒され乳首が震える。そんな微細な振動さえ心地よくて、思わず熱い吐息を漏らす。

それが束咲の唇をくすぐったらしい。

「ふ、あ……」

彼女も反射的に喉を反らせ、うっとりとした表情で睫毛を震わせる。その隙に反撃を狙ったけれど、そうはいかなかった。快感に浸る束咲が、乳首を摘んできたのだ。

「んきゅう！　おっぱい、が……あふッ！」

彼女の秘部に伸ばしかけた手は途中で硬直。再び唇を塞がれて、無遠慮な舌が口腔を掻き回してくる。硝も夢中で舌を絡みつかせた。唾液が混ざり、粘った音がする。いやらしい響きは興奮を高め、さらに強く舌同士を押しつけ合う。

「あぶっ、んあ、ふぁっ。硝ちゃ……んぷっ」

束咲が喘ぐたび唾液が流れ込んでくる。硝は溺れそうになりながら、それでも、もっともっと欲しくなって、舌で彼女のものを掻き集める。

「ふぁ⁉　しょ、硝ちゃん、そんなこと……ふきゅっ」

舌摩擦の衝撃が強すぎたのか、束咲が顔を跳ね上げた。勢いで涎を飛ばすほど気持ちよかったみたいだけど、それが彼女のプライドに火を点けてしまった。懸命に気を取り直して、悔しさを滲ませた目で見下ろしてくる。

「やったなぁ」

「え、あたし、そんなつもりじゃ……ひゃあン」

べろりと乳首を舐め上げられた。そして間髪容れずに弾きまくる。下着も剥こうとしてきたけれど、あれこれ同時には難しい様子。硝は乳責めに悶えながら、自分で脱いだ。

「ね、ねぇ束咲ちゃん……。こっちも……」

キスの次は乳首にご執心の彼女に、はしたなくも自らおねだり。そうはいっても、エッチでは意地悪な彼女のこと、目一杯に焦らしてくるに違いない。

と思ったら、即座に舌が下腹部へ移動して、性器をべろべろ掻き回してきた。想定外に素直な反応をされて、逆に気持ちが間に合わない。

「ふぁあぁっ！　ちょっと待って。あたし、まだ……」

「硝ちゃんがキスしてって言ったんでしょ。ちゅ、れろ、れろれろ、じゅるぅッ！」

「ンあんっ！　ふぁ、んぁ、あぁぁぁぅンっ！」

硝の身勝手な言い分は聞き入れられるわけもなく、むしろ彼女に舌愛撫を激しくさせただけ。淫唇を弾かれ、淫蜜を啜られて、快感電流で内腿が引き攣る。

「ひぁ、あ、あっ、あぁぁぁん……」

それでも、やっと心が身体に追いついて、喘ぎ声に甘いものが混じり始めた。自然に脚が開いて、腰が上下にゆっくりと踊る。

（あたし、やらしい格好してるよぉ……）

自覚はあるけど、気持ちよさには代えられない。恥ずかしさに涙を浮かべながらも、あっさりと快感に敗北を認め、自分から性器を彼女の舌に押しつける。

「ん、あっ！　東咲ちゃん……。もっと強く……深く……ん、ンンッ！」

そんな要求をするまでもなく、彼女の舌先が膣口を抉った。もちろん、指に比べたら奥まで届いたりはしない。それでも、小さな孔を押し広げられるのは十分すぎるほど衝撃的だし、むしろ、舌の弾力や感触が、硝には堪らなく気持ちいい。

「はぁぁ……。あ、ンあッ、あぁぁ……！……」

呆けた喘ぎが口から漏れる。頭が次第に快感漬けになって、目の焦点がぼやけてくる。そんな中、舌先が陰唇の縁をなぞり始めた。その動きがぴりぴりとした電流を生み、硝の身体を跳ね回らせる。

「ンあ、あ……あ、あッ!!」

気持ちよさに耐えかねて、思わず大きな喘ぎを迸らせる。すると東咲が素早く身を起こし、硝の口を手で塞いだ。

「硝ちゃん、声、大きすぎ。ラブホじゃないんだから」

そうだった。ここはファミリー層も泊まる、テーマパーク直結のリゾートホテル。中にはエッチするカップルだっているだろうけど、いやらしい声を公然と出して大丈夫な場所じゃない。いつもと違って密室なので　完全に油断していた。

「それともぉ、女優さんらしく、しっかりした発声を披露したいのかなぁ？」

「そ、そんなわけないでしょっ。東咲ちゃんこそ、エッチしてるところ配信しようとか考えないでよねっ！」

一方的にからかわれるのが癪で、口を塞ぐ手を振り払い反射的に言い返す。すると彼女はパチパチと瞬きし、数秒後、何かを閃いたように目を見開いた。

「その手があったか！」

そして明るい声に釣り合わない不穏なことを叫び、ベッドの足元に転がっていたバッグからスマホを取り出した。硝のお腹に馬乗りになってレンズを向けてくる。

「まさか、冗談でしょう⁉」

「安心して。配信はしないから。こーんな可愛い姿の硝ちゃんを誰かに見せるなんて、もったいないもん。私だけの宝物にするんだぁ」

「う、ウソっ。ちょ、やめ……ひあぁん⁉」

束咲はスマホを向けながら、左手だけを後ろに向けて硝の淫裂をくすぐった。くちゅくちゅという粘った音が、想像以上の大きさで部屋に響く。

「硝ちゃん、びっしょびしょ。撮られて興奮しちゃった？」

「そ、そんなわけ……。やん、やぁぁぁん……！」

愛液の音を聞かれるだけでも恥ずかしいのに、それがカメラに収められているなんて、限界を超えた羞恥で気が遠くなりそうだ。

それなのに、身体が熱い。上向いた乳首がピンと硬く鋭く尖って、淫裂から漏れる蜜の量も明らかに増加する。それを指先で感じた束咲が、嬉しそうに目を細めた。

「あはぁ……。また溢れてきたぁ。こんなので興奮してたら、撮影現場でカメラを向けられるたびに濡れる身体になっちゃうよ？　条件反射ってやつだねっ」

「そんな条件反射なんて……はう、んあ、あぁぁぁうっ」

ありえないと否定する一方で、もしかしたらという思いが身体を疼かせた。その場面を想像しただけで、腰を捩って悶えてしまう。

「いいよぉ。もっと可愛い姿を見せてー」

カメラマン束咲が、淫裂を掻き回しながら指示を出す。硝は、その声に操られるように胸を突き出し、いやらしく腰をうねらせる。

「もっと喘いで。可愛い声、いっぱい聞かせて！」

さっきは口を塞いだくせに、逆の要求をしてきた。彼女も相当に冷静さを欠いている。でも、自分の乱れた姿に興奮しているのが嬉しくて、硝は笑みと快楽に顔を綻ばせ、恥ずかしげもなく熱い喘ぎを迸らせた。

「あぁ……はぁあぁぁぁ……。そこ、もっと触って……。もっと、もっとぉ！」

だらしなく緩んだ表情で、束咲に向かって舌と手を伸ばす。彼女は一気に顔を紅潮させて、スマホを枕元に放り出した。思いきり硝を抱き締め、唇に舌を挿し込んでくる。硝も全身で彼女を掻き抱いた。唇を擦り合わせ、舌を絡め、唾液を交換し、混ぜ合わせる。下半身でも互いの脚を絡ませて、腿で相手の股間を擦り上げた。

「ふむっ⁉　ぷあ……ふぁ、んあぁぁぁ……」

束咲の太腿に淫裂を擦られて、堪らず目を大きく見開く。でも次の瞬間にはとろんと蕩けて、捧げるように舌を伸ばす。

「ん……きゅふッ‼」

それを思いきり吸引されて、思わず甲高い声で呻いた。弓なりになった背中がゾクゾク痺れる。抱き締めるというよりも彼女に必死にしがみつき、悶えまくるうちに、横臥する格好になっていた。悶絶する太腿で、今度は彼女の淫裂も擦りまくる。

「ふぁん！　あん、あふっ、んみゅうぅッ」

束咲は唾液の糸を引いて仰け反り、再び唇に吸いつき仕返しのように腿を動かす。二人は争うようにして、相手を絶頂させようと動きまくった。唇では唾液が、股間では愛液が粘着音を奏でる。淫靡な音と匂いと、そして淫らな吐息で部屋中が満たされていく。

「んあっ、んあっ！　しょ、硝ちゃん私……ん、あ……んぐっ」

「あたしも……あたし、も……ンきゅううぅぅッ」

肌の高まりがとまらない。二人の淫裂から溢れる蜜は、相手の腿を伝ってシーツを濡らす。脚を動かすたびに泡立って、ぐちゃぐちゃと鳴っているのが聞こえてくる。

「や、やらしい音、させてるよ……硝ちゃん……っ」

「音、させてるの……束咲ちゃんでしょっ！」

卑猥な音色を相手のせいにしながら、キスを求め合う。上でも下でも唇が涎を垂らしてびしょ濡れだ。

「あぅん、あうン！　あぁぁ……だめ！　硝ちゃん、私……私……あ……あッ！」

「待って、そんなに動いたら……ふぁ、ふぁあっ！」

背筋が痺れる。腰が蕩ける。しっかりと抱き合う間で乳房が潰れ、乳首が擦れる。全身から湧き上がる快感の大波に、二人とも耐えきれない。

「もうダメ、もうダメッ！　私……飛んじゃう！」

「あたしも、あたしもイク！　束咲ちゃん、束咲ちゃんッ!!」

我慢の限界のキスの中、舌がザラリと擦れ合う。その瞬間、強烈すぎる電流が身体中を駆け巡った。

「そんなっ……。硝ちゃん、もう……もうやめ……ひぃぃッ！」

「束咲ちゃんこそ、とまって、いったん待って……そんな、そんな、ふぁぁあぁぁぁッ!?」

束咲が仰け反る。硝が硬直する。唾液を撒き散らし、快感の高みへと昇りつめる。

絶頂の痙攣は、しかし、気持ちいいだけでは済まなかった。震える太腿が互いの淫裂を刺激して、快感の追い打ちをかける。二人は快感の無限ループから抜け出せず、十分以上もの間、感極まった悲鳴を上げ続けた。


映画の仕事が弾みになったのか、硝に、さっそく新しい仕事が舞い込んだ。人気の刑事ドラマの正月特番で、ちゃんと名前もセリフもある役だ。幅広い視聴者層に名前を憶えてもらえるチャンスかもしれない。

閑静な住宅街に建つ、撮影用の一軒家が、今日のロケ地。狭いハウススタジオの中で、

大勢のスタッフが準備に忙しそうだ。

　大きな仕事だからなのだろうか。珍しく、現場にマネージャーがついてきた。いつもは放置されて不安や不満があったのに、いざ一緒にいられると、逆に過保護な扱いをされているようで、妙な気分。そんな複雑な感情が、表情に出ていたのかもしれない。

「あまり気負いすぎないようにね」

　控室代わりの和室でメイクをしてもらっている最中、マネージャーが硝の両肩に手を置いてリラックスを促した。実際、緊張していたらしく、少し力が抜けるのを感じる。

　でもそれを見て、むしろ彼女は不思議そうに首を傾げた。

「コンディションが悪い、ということはなさそうね」

「……はぁ、大丈夫ですよ？」

　その質問の方が不思議だ。硝の方こそ首を傾げる。すぐに本番なので、その話は、いったんそこで打ち切りとなった。

　今回は、犯罪に手を染めた政治家の娘の役。最終盤で親を改心させる重要な役回りの上に、育ちのよさを感じさせる芝居が求められる。特番というだけあって、周りはベテランや人気俳優ばかり。そんな中に無名の自分がいる状況に、気後れしそうになる。

　それでも、役者としてやるべきことをやるだけ。

「――何が重要か分からん子供が、大人のすることに口出しするんじゃない！」

「見えなくなってるのは……お父さんじゃない……」

父親の罪が明らかになった場面。ベテラン俳優の迫力に、思わず息を呑む。しかし、そこで負けてしまうと芝居が成り立たない。台本では金切り声で叫ぶとなっていたのを、あえて口調を抑えて悲しみを表現してみたら、ＯＫが出た。

今の撮影で硝の出番は終わり。帰るためマネージャーの車に乗った瞬間に気が緩んで、思わず「ふう」と大きく息を吐いてしまった。

「お疲れ様。緊張したでしょう」

「えっと、それは、まぁ……はい。でも、嫌いじゃないです」

本当に緊張が解けただけ。場面ごとにどんなお芝居がベストなのか、あれこれ考えるのは硝にとって楽しい作業。それがうまく嵌った瞬間は、とても充実感がある。

でも、マネージャーは「よかったわ」と言いながら、どこか浮かない表情。

車は高速道路に乗り、加速する。それに反比例して、車内の空気が重くなる。

「……ねえ、南海さん、あなた……。スキャンダルに心当たりはない？」

運転席のマネージャーが、言い含めるような口調で、ゆっくりと問いかけた。予想もしていなかった質問をされて、最初に訪れたのは戸惑いだった。

「そんなの……。自分で言うのもなんですけど、あたしにそんな価値あります？」

自虐的ではあるけれど、無名役者の醜聞を話題にして、世間にどんな影響があるというんだろう。きっと何かの勘違い。安堵して、シートに深く座り直す。

でも次の瞬間、別の考えが頭をよぎった。もし、それが硝自身のことでないとしたら。

他の誰かに関係することだとしたら。

そんなの、一人しか思い当たらない。

「……うーん。やっぱり、心当たりなんてないです」

上擦りそうになる声を必死に抑え、マネージャーに笑いかけた。

（この人を騙すために演技力を身につけたわけじゃないのに……）

心の中で手を合わせて謝る。その一方で、硝は、懸命に自分に言い訳をしていた。

まだ、スキャンダルの内容を確かめていない。自分たちのこととは限らないのだから、彼女を騙したことにはならないんじゃないかな、と。


その希望は、呆気なく打ち砕かれた。

『新世紀の人気歌姫、テーマパークでお忍びデート』

秋も終わろうかという頃、そんな見出しが週刊誌に躍った。傍らには女の子同士のキス写真。ぼやけているし、目の部分に黒線が入っているから個人の特定は難しそうに思えるけれど、内容を見れば、少女の片方がウタウサギなのは明白。

ホテルの控室で、何気なく手に取った雑誌の、たった一ページの小さな記事。それを、硝はガタガタ震えながら凝視した。

（これって、クランクアップの後にテーマパークでデートした時の……）

間違いない。水濡れアトラクションで東咲のノーパンが発覚し、売店で下着を買って穿かせた直後。こんな場面を、ピンポイントで偶然撮られるわけがない。週刊誌記者に尾行されていたのだ。

目を離したいのに、実は何かの間違いだろうと思いたくて、逆に何度も何度も読んで確かめてしまう。

「落ち着け……冷静になれ……」

何度も自分に言い聞かせるけど、そんなの無理。だって、これから映画の完成披露記者会見。大勢の人の前に出なければいけないのだから。

ハッとなって顔を上げる。今日の会見は、クラスメイト役全員が出席。この控室にも、五人のキャストがいる。みんな素知らぬふりをしているけれど、この記事のことなんて、とっくに承知のはず。

(何で、よりにもよってこのタイミングで……。て、そうだ！　東咲ちゃんに連絡……)

別室の彼女だって——というよりも、彼女の方がショックを受けているはず。会見が始まる前に落ち着かせてあげなくては。でも、スマホを持つ手が震えて一文字も打てない。

(ど、どうしよう……。早くしないと……)

焦りで全身の肌が粟立つ。泣き顔になっているのが分かる。

「南海ちゃーん。そろそろ時間だってー」

「あ、ひゃいっ！」

いきなり声をかけられて、変な声が出た。何も手立てが打てないのに、事態は容赦なく進行していく。

廊下に、マネージャーが立っていた。思わず彼女に駆け寄ってしまう。

「あの、あの、あたし……。こ、ここ、こんなことになってるなんて……その、そのっ」

動揺して言葉が出ない硝の口を、彼女け軽く差し出した掌で制した。

「落ち着いて。大丈夫だから。むしろ、このピンチはチャンスだと思いなさい」

何が大丈夫なんだろう。何がチャンスなんだろう。どこにそんな要素があるのか、ひとつも理解できない。確かに記事にあるのはキスのことだけで、ホテルでのエッチがバレなかったのは不幸中の幸いと言えなくもないけれど、彼女が言っているのは、多分、そういうことじゃない。

「ていうか、ていうかっ。あの記事って、事務所で止められなかったんですか⁉」

「止めなかったのよ、あえて」

どうして、という言葉すら、驚きすぎて出なかった。つまり、止めようと思えば止められたということ。それなのに、事務所は世に出す判断をした。

「それって、あたしが事務所にいらない子だから……」

「逆よ。言ったでしょう、これをチャンスにしなさいって。ウタウサギちゃんには悪いけど、この件を利用して南海硝という名を広めようというのが、事務所の目論見なの」

「そんな……！」

硝が素直に承服しないのは、事務所も分かっていたんだろう。だから、表沙汰になるま力なんてない。
で本人に黙っていた。そして、ウタウサギ側は急造の個人事務所。元より、記事を止める
「文句は後で聞くわ。今はこのことは忘れて、会見に集中して」
映画は、多くの人や企業が関わって動くビッグプロジェクト。誰かの都合でお蔵入り、
なんてことになったら、想像もつかない大損害が出る。それは理解しているけれど、急に
気持ちは切り替えられない。微妙な面持ちのまま会見場に向かうことになった。
ホテルのホールには、数えきれない数の記者が集まっていた。通常なら、そこまで注目
を集める規模の映画じゃない。理由は、もちろん週刊誌のあの記事。
監督とプロデューサーと、そして主演が正面の長テーブルに座る。クラスメイト役は、
その後ろの雛段でパイプ椅子に着席。序盤はプログラム通りに進行した。司会者の質問に
監督が中心になって答えたり、出演者たちがひと言ずつコメントしたり。
懸念していたことは、質疑応答の時間に起きた。一人目の質問からさっそくスキャンダ
ル一色に。こちらは若い女の子。配慮を期待したけれど、そんなものは期待するだけ無駄
だった。むしろ、記者たちの興味を掻き立てる格好のエサでしかない。
「ウタウサギさん、記事は事実でしょうか」
「写真のお二人は、恋人関係ということでよろしいですよね？」
口調こそ丁寧だけど、彼らの目に宿る色は、報道への使命感という皮を被ったギラギラ
した好奇心。居並ぶ芸能記者たちの視線が、声が、圧迫感となって押し寄せてくる。

「南海さんも、何かお答えください」

声はしっかり聞こえているのに、パニックを起こした硝の頭は、それを言葉として理解できない。口から出るのは「あの、あの……」という困惑だけ。

「質問は映画に関するもののみでお願いします」

司会者が軌道修正を図っても効果はない。場が荒れたのは明白なのだから会見を打ち切ればいいのに、関係者の誰も止めに入る気配がない。

動揺する硝の脳裏に、さっきのマネージャーの話がよぎる。

（まさか、映画の関係者も、この騒ぎを宣伝に利用しようとしているんじゃ……）

そんな考えに至った瞬間、視界がぐにゃりと歪んだ。絶え間ないカメラのフラッシュに目が眩む。胸の奥から吐き気を催してくる。

（助けて東咲ちゃん……！）

心の中で、ウサ耳パーカーの後ろ姿に呼びかける。でも、すぐに過ちに気づいた。

（違う。困ってるのは、あたしじゃない！）

一番の矢面に立たされている娘に助けを求めるなんて、筋違いも甚だしい。この場の誰もがスキャンダルにしか関心がないのなら、彼女を守れるのは自分しかいない。

喧騒の中、声を張り上げようとした。けれど緊張と恐怖で萎縮した喉は、掠れた息を吐き出すだけ。次こそはと深呼吸した、その時。

「はーい。この子が、私のカノジョでーす」

よく通る明るい声が、信じられない宣言をした。

場内は騒然となり、会見はいきなり会見が打ち切られた。キャスト陣はまとめて一室に押し込められ、外の廊下では、大人たちが電話でこれからの対応を話し合っている。

部屋の隅に目を向けると、そこには母親に怒鳴られている束咲の姿が。

「記事の質問には答えるなって、あれほど言ったでしょう！」

「だって、あのままじゃ終わらないと思ったから……」

束咲が壁の方に視線を逸らす。娘の拗ねた態度に、母親の怒りがボルテージを上げる。

映画関係者が会見で何も言わなかったのは、あまりスキャンダルを重く見ておらず、その関連の質問は無視する方針だったかららしい。ただ想定以上に記者が食い下がり、流れを元に戻せなかった。完全に読み間違えて、逆に騒ぎを大きくしてしまったのだ。

マネージャーが部屋に入ってきた。困惑の極みにあった硝は慌てて駆け寄る。

「……これでよかったんですか？　事務所的には、計画通りの展開なんですか⁉」

「事務所的には、そうよ」

硬い声の詰問に、マネージャーが重い声で答える。スキャンダルに便乗するという事務所の方針は、彼女的には決して本意ではなかったんだろう。それが分かったところで、今の硝には何の慰めにもならない。どうしても不審の目を向けてしまう。

すると彼女は、何か意を決したように大きく息を吐いた。

「あなただって分かっているはずよ。馬鹿正直にオーディションを受けるだけでは売れないんだって。ピンチも、逆境も、全部を利用するだけのしたたかさを持ちなさい」

「それは……そうかもしれないけど……」

きっと、硝のことを思って言ってくれている。芸能界で続けていくためには必要なことなんだろう。でも、今この場で、納得はできそうにない。

最初から一緒にやってきたマネージャーだ。不協和音なんて感じたくなくて、黙り込んでしまう。そんな硝に、今度は別方向から非難が飛んできた。

「ちょっとあなた！　本当にうちの娘と恋人関係なの⁉　あなたがマネージャー？　タレントの管理がなってないんじゃないの⁉」

束咲の母親が、声を荒らげて硝を指差す。マネージャーは、困惑しつつも申し訳なさそうに頭を下げる。反発が消えたわけではないけれど、彼女のそんな姿を見せられたら、硝の方こそ申し訳ない気持ちが胸に満ちる。

「お母さん、やめてよ！」

「束咲は黙ってなさい！　ちょっと、そこのあなた！　何か言ったらどうなの⁉　娘の足を引っ張って、どういうつもりなの！」

すがりつく娘を振り払い、母親が硝に詰め寄る。その乱暴とも思える振る舞いに、さすがに俳優仲間も見かねたらしい。次々と間に割って入ってきた。

「ウサギちゃんは、記者に腹が立って冗談を言っただけですよ」

「あの場を収めようとした、その場限りの冗談ですよ。ね、そうだよね？」

懸命に庇ってくれるけれど、言い訳としてはかなり苦しい。

女の子たちは懸命に束咲の母親をなだめる。その母親は硝に返答を迫る。束咲も説得に疲れて「いい加減にして！」とキレ始めた。このままでは母娘（おやこ）ゲンカも時間の問題。

硝は、その騒ぎを、どこか遠くの出来事のように眺めていた。一応は中心人物のはずなのに、騒ぎが大きくなればなるほど、なぜか現実感が薄れていく。

（あたし、こんなことで主人公になりたかったわけじゃないのになぁ）

これが現実逃避というものなのだろうか。パニックが心の許容範囲を超えて、思考が止まってしまったかのかもしれない。

だからなのか、硝は、妙に凪いだ気持ちで束咲の母親に向き直った。

「安心してください。あたしがウタウサギちゃんの恋人だなんて、そんなことあるわけないじゃないですか」

落ち着き払った声に、わずかながらでも気を飲まれたのか、怒鳴り散らしていた束咲の母親が、急に口をつぐんだ。そして硝自身も、自分の言葉に深く頷いていた。

（ありえないよ。あたしが束咲のカノジョだなんて）

だって、そんな資格、最初からないのだから。

硝の静かな口調が、喧騒に満ちていた室内を、急速に静まり返らせる。そんな中で一人だけ、逆に感情的な顔になっていく少女がいた。

「ちょっと来て」

束咲は硝の手を掴み、控室から飛び出した。母親の「待ちなさい！」と呼び止める声を無視して廊下を突き進んでいく。数名の記者が追いかけてきたけれど、二人が女子トイレに駆け込むと、さすがに追跡は憚られたみたいだ。


「何のつもり⁉」

束咲が、さっきの母親以上に声を荒らげる。もしかしたら誰かが聞き耳を立てているかもしれないので、人差し指を立て「しーっ」とゼスチャーで示す。


「……………何のつもり？」

わざわざボリュームを下げて言い直した。鼻が当たりそうな距離で睨んでくる。とはいえ凄まれるいわれはないし、むしろ、そのセリフを言いたいのは硝の方だ。


「束咲ちゃんこそ何のつもり？　あたしたち、いつそんな関係になったの？」

「それは……！　それは、その……」

真正面から問いかけると、束咲の声のトーンが急激に落ちた。

「違うよね。あたしたちって、ただエッチなことするだけの関係だもんね」

「だけって、そんな……」

束咲の戸惑いがさらに大きくなる。それに構わず、硝は徹底的にたたみかけた。

「でも、もうそれも終わりにしようよ。今までどれだけ危険なことをしてきたか、さすがに思い知ったでしょ？　ばれなかったのは奇跡みたいなものだったんだよ」

わざと呆れたような口調で、溜息を吐きながら、ゆっくりと言い聞かせる。でも項垂れる東咲に、硝は顔には出さず動揺した。

（違う、違うよ。あたし、こんな言い方したいわけじゃない！）

東咲をそんな暴走に駆り立てたのは、他ならぬ自分。親密になりすぎて思い出すことも少なくなっていたけれど、あの痴漢行為がきっかけ。東咲を責めるなんて筋違い。それなのに、坂道を転がる石ころのように、自分の喋りをコントロールできない。

「撮られたのがキスって、まだラッキーだったと思うよ。もっと過激なところを見られてたら、こんなものじゃ済まなかったはずだから」

嫌なのに、ますます口調がきつくなる。緊迫感漂う控室から離れ、二人きりになれたのが、逆によくなかったんだろうか。追い詰められて死んでいた感情が戻ってきて、むしろ冷静さを失っていた。

「東咲ちゃん……卯民さんは、これからもっと有名になっていくんだから、悪い趣味は、もうおしまい。あたしにも、もう関わらないで」

勝手に動く口が冷たく言い放つ。東咲は唇を震わせて、蒼白(そうはく)となっている。

「そんな……。だって、私たち……」

どうしてそんなにショックを受けているのか、分からなかった。確かに罪の意識を抱えていたせいで、これまで厳しい言い方をできずにきた。そんな硝の心情を知らない彼女が突き放されて驚くのは理解できる。

だからといって、目に涙を溜めるほど悲しいことだろうか。

(この娘にとってのあたしは、好きな人ってわけでもないのに)

心の中での呟きに、ズキンと胸が痛む。その感覚に、動揺を覚えた。束咲の感情だけじゃない。自分が何を考えているのかさえ、自分で分からなくなっている。

(余計なことを考えるな。人に知られちゃったのなら、この機会を活かすべきなんだよ。マネージャーさんも言ってたでしょ。ピンチをチャンスにしろって!)

本当にそれでいいのかと、自分の中のどこかから問いかける。それを心の奥に押し込んで、冷たい声で言い放った。

「それが、あたしたちのためなんだよ。そうだ。あの記事はウソだって、配信で説明するといいよ。ファンなら卯民さんの言うことを信じてくれるだろうから」

映画会社が手を回したのか、束咲の恋人発言は記事にならなかった。それでも、人の口に戸は立てられないもの。どこかから漏れた噂が、一部のネットに流れたらしい。

硝自身は、それを目にしていない。そんな気持ちになれなかった。だからあの後、ウタウサギのチャンネルでどんな説明がされたのかも知らない。

それに、束咲とは会見の日からひと言も話していなかった。クラスで会っても目を合わせないようにしている。あまりに無視するものだから、朋佳に「ケンカでもしたの?」なんて聞かれてしまったほど。

彼女と決別したのは、正しい判断だったはず。今でも間違っていたとは思っていない。そうする以外の選択肢なんて、二人にはない。それでも何だか胸の辺りがモゾモゾする時は「最初から友達じゃなかったと思え」と自分に言い聞かせる。

そんな環境に徐々に慣れつつあったある日の放課後、硝は、次の仕事の打ち合わせのため事務所に立ち寄った。オフィスの片隅の応接コーナーで、マネージャーと向かい合う。

「それでね、前に話したCMは、残念ながらお流れになったの」

「……あの騒ぎのせいですか？」

「違うわよ。先方の販売戦略の見直しの都合。まだ気にしていたの？」

上目遣いで恐る恐る確認すると、マネージャーが苦笑した。その口調は優しいけれど、言葉通りには受け取れなかった。あの件を気にしているのは、むしろ事務所の方ではないのかと思っている。

ネット上に束咲の恋人宣言の話題は流れているものの、正式な報告も報道もないため、一般的には、あくまでも真偽不明な「噂」でしかない。騒ぎを利用して硝を売り出そうとした目論見も有耶無耶になり、事務所にはモヤモヤした空気が漂っていた。

(迷惑かけたあたしなんて、いらないと思ってるんだろうなぁ……)

誰からも何も言われていないのに、どうしても悪い考えに取り憑かれてしまう。

「……それとね、深夜帯だけど、連続ドラマのオーディションの話が来ているの。一応、原作の漫画を渡しておくからチェックを…………聞いてる？」

「あ、はい！　大丈夫です！」

本当は半ば上の空だったけど、差し出されたコミックと書類で察し、大きく頷く。とはいえ、ごまかしきれるものではなく、マネージャーの顔が心配そうに少し曇る。

「……余計なお世話かもしれないけれど、もう一度言っておくわ。ピンチをチャンスに変えるだけの図太さを持ちなさい。芸能界であるなしに関係なくね」

「…………はぁ」

せっかく忠告してくれたのに、力の抜けた生返事になってしまった。彼女の言ったことを実践できる自信がなくて。

「身から出た錆で、どんなチャンスを掴めっていうのよ」

家に戻り、制服を脱ぎながら一人で呟く。とりあえず、露出癖の責任を取って束咲との関係を断った。といっても、原因の痴漢を知っているのは硝ひとりだし、誰にも伝わらない「責任」が何の役に立つかは微妙。チャンスを掴むことにも繋がらないだろう。

それでも、先に進むための区切りにはなったはず。そう思わないとやっていられない。

ずるずる流されてエッチな関係になっていたけれど、元々それが目的だったのだから。

「これで束咲ちゃんが露出癖をやめてくれれば、いいんだけどな」

「ま、あの娘だってバカじゃないんだし、あれだけ言えば分かってくれるでしょう」

行動を改めてくれたなら、決別した甲斐がある。友達をやめてしまったので、確認できないのが唯一の失敗だろうか。

「何にしても、もう危ないことに付き合わされることはないもんね。ひとつでも悩みが減って、よかったよかった」

Ｔシャツ短パンの部屋着に着替えた硝は、気分を明るくしようと思って、勢いよくカーテンを開けた。

「——!?」

その瞬間、息が止まった。家の前を束咲が歩いている——と思ったら、まったくの別人だった。髪が長いだけで、あとは似ても似つかない。

「ああ、びっくりした……」

胸を押さえながら、再びカーテンを閉める。でも、仮に本人だったとして、何を驚くことがあるだろう。多少きつい言い方をした罪悪感はあるにせよ、それは彼女のため。後ろめたさを覚える必要はないはず。

「じゃあ……あたし、どうしてこんなにドキドキしてるの？　あの子とは、もう二度と話すこともないはず……」

首を傾げて、その理由を考え始めたその時。

重い衝撃が胸の奥から込み上げた。全身の肌が総毛立つ。急に力が抜けて、がっくりと床に膝を突いた。息が苦しい。何が起きたのか理解できず、必死に呼吸を整える。

「どうしたんだろう……。ちょっと……束咲ちゃんのことを考えた、だけなのに……」

今度は胸がズキンと痛んだ。同時に涙がぽろぽろ零れる。

硝は、泣いていた。嗚咽を漏らして泣いていた。後悔が一気に押し寄せる。一生懸命、目を逸らしていたのに。知らないふりをしていたのに。

「束咲ちゃん……。束咲ちゃん………ッ!」

あの子の名前を呼び続ける。どんなに堪えようとしても、涙と一緒に溢れ出る。身体が凍えて、どんなに力いっぱい自分で抱き締めても、震えはとまってくれなかった。

映画が公開となった。一般公開直前には試写会が行われ、当然、硝も招待されたけど、スキャンダルの件でみんなに会うのが気まずくて、そちらは欠席してしまった。

それでも、初めての大仕事。劇場で観たくないわけがない。なので、こっそり一人で行くことにした。目立たないようキャップを目深に被り、一番混雑しそうな上映回の、一番後ろの端の席を選んで。

そして、なぜ混む回が分かるかといえば、舞台挨拶があるからだった。

上映後、監督と、数名の出演者が登壇した。脇役の硝は、例の醜聞は関係なしに最初から呼ばれていない。

(あぁ……。束咲ちゃんだぁ……)

壇上の彼女に、感激で胸がいっぱいになった。毎日同じクラスにいるのに、久しぶりに会った気分。

というより、まるで知らない人のように見えた。

用意された衣装なんだろう。フリルをふんだんに使った黒一色のドレスは高級すぎて、そこだけ見ると映画館には場違いな感じ。なのに、不思議と違和感がない。彼女の整った容貌が、ドレスを引き立てているようでもあった。

（やっぱり、束咲ちゃんって可愛いなぁ……）

こうして客観的に見ると、改めて美少女なのだと気づかされる。

「――主演のウタウサギさん。初めての演技はいかがだったでしょうか」

「そうですね。大変だったけど、みなさんに助けられて、何とか頑張れた感じです」

司会者の質問に、はにかみながら答える彼女は、すっかり女優の出で立ち。硝がそうなりたかった姿が、そこにあった。

（何だか……遠い……）

一番後ろの席だから、だけじゃない。束咲の姿が、どんどん遠ざかって見える。最初から差があったのに、もはや完全に追いつけない距離まで引き離された。華やかな場に立つ彼女は、別世界の人になってしまったのだ。

「そろそろ、潮時なのかもしれない」

舞台挨拶が続く中、硝は、こっそりと映画館を後にした。

二週間後の週末、久しぶりに束咲からメールがあった。

『映画、一緒に行かない？』

もう一か月近く言葉を交わしていない。急な誘いに戸惑いを覚える。でも、硝も伝えたいことがあったから、承諾した。

彼女が指定した映画館で合流。駅で待ち合わせて、一緒に電車に乗って——という普通のデートの手順は、今の二人には取れそうになかったから。

「………久しぶり」

「うん、久しぶり」

気まずい感じで挨拶を交わす。あんなに身体を重ねてきたとは思えないほど、よそよそしい。そうでなくても、同じ教室で一緒の時間を過ごしているというのに。

夕方の中途半端な時間の回で、他に観客はいなかった。人気配信者の初主演作とはいえもう三週目だし、超人気作や超大作と時期が被ったので、こんなものかもしれない。

そんなことより、硝を戸惑わせたのは、束咲が予約しておいたという座席の方。

「………何で、カップルシートなの？」

「いや……。せっかくこんなのがあるんだからと思って……」

二人掛け用の座席はほぼ円形で、肌触りは高級なソファのよう。低い背もたれはあるけど、脚を伸ばしても余裕があるし、クッションまで用意されて、椅子というよりベッドに近い。それが最前列に三つあり、硝たちは、真ん中の席に寝そべっていた。

こんな座席を使うのはカップルに決まっているし、一緒に観るなら恋愛映画か、女の子が怖がるふりをして恋人に抱きつけるホラーがふさわしいだろう。しかし、期待したほどの客入りがなく、映画館の当てが外れたという感じ。

「ま、正直、あんまり面白くないもんね」

主演女優とは思えない言葉で、束咲が苦笑い。それも無理はない。通常、映画というのは年単位の時間を要する。それなのに、ウタウサギ人気に便乗して突貫で制作されたこの作品は、素人目に見ても粗が目立つものだった。

ただ硝はといえば、せっかく初日に観に行ったのに、あまり覚えていなかった。画面に映る束咲を見るのが辛くて、ほとんどの場面で目を逸らしていたからだ。

予告編が始まった。二人はシートに横たわり、画面よりも天井を眺めていた。

「で、今日は何の用？　あ、待って。あたしも話したいことがあるの。先にいいかな？」

束咲が戸惑いがちに頷く。彼女の用が何か分からないので、まずは自分が先に済ませてしまおうと思った。

「あたし、事務所を辞めようかなって思ってるの」

当然、束咲は驚いて身体を起こす。

「まだ始めたばっかりじゃない。女優人生はこれからじゃないの？」

「そうかもしれない。だから、ちょっとやり方を見直してみたいんだ」

詳しい事情は話す必要はないと思い、それだけを淡々と告げる。彼女は急な話を飲み込めず、説得を試みようとしたのか、あちこちに視線を向けて考えている。結局は言葉が見つからなかったようで、すごすごと元の位置に戻ってしまう。

でも、話題を変えた彼女に、今度は硝が驚かされる番になった。

「実はね、私もやめることにしたんだ」

「え⁉ 配信やめちゃうの⁉」

「ていうか、ちょっとお休みしようかなって。私、歌も演技も、あと配信も、人に言われるままやってただけで、自分が本当に何をしたいのか、考えてこなかったから」

それに――と、彼女は再び身体を起こし、硝の顔を見下ろしてきた。

「好きな人が女優さんを辞めちゃうなら、なおさら私が演技を続ける意味ないもん」

真っ直ぐな視線で、驚くほど正直に気持ちを告げてくる。それまで落ち着き払っていた硝の心臓が、いきなり派手に跳ね上がった。

「な……何を言ってるのよ。あ、あたしと違って束咲ちゃん……じゃなくて、卯民さんは才能があるんだから、それを無駄にするなんて駄目だよっ。それに、あたしに好きとか言ったら駄目じゃない。スキャンダルで怒られたのを忘れたの⁉」

「だって、硝ちゃんは実際に私のカノジョだもん。それに、もう普通の女の子に戻るからスキャンダルとか関係ないし」

「か、勝手にカノジョとか言わないでっ。あたしにはそんな資格……！」

「……資格？」

小首を傾げて聞き返された。慌てて口をつぐんだけれど、彼女は大きく見開いた目で、ぐいっと距離を詰めてくる。視線を逸らしても執拗に追いかけてきて、あまりの圧に、こめかみを汗が流れ落ちる。

「ねえ、資格ってなに？」

秘密を咎めるような、低いトーンの声。もう少し待てば予告編が終わるけど、この調子では本編が始まっても追及してきそうだ。

仕方なく、今までひた隠しにしてきた事実を、秘密を、打ち明けることにした。そうと決めた瞬間、胸がズキンと痛む。

（どうせサヨナラしたんだもの。今さら嫌われたって同じことでしょ）

罪悪感という針のむしろに座らされて震える唇を、それでも硝は、強引に動かした。

「……卯民さん、春に、電車の中で、痴漢に遭ったたって言ってたよね」

嫌な記憶が蘇ったに違いない。憮然としていた束咲の顔が硬くなる。たとえ一時のことだとしても、恐怖と嫌悪は忘れられるものではないはず。彼女の表情で自白に躊躇が生まれたけれど、ここまで言ったら、もう引き返せない。

「あれ、あたしが犯人なの。ごめんなさいっ！」

殻に閉じこもるように小さく身体を丸め、ひと息で罪を吐き出した。思いきり目蓋を閉じたので、彼女がどんな顔をしたか見ることができない。

「……分かったでしょ。あたしは、卯民さんに好かれる資格なんて、ないの」

二人の間に、沈黙が流れる。スクリーンの大音声が、耳に虚しく響く。

しばらくして、束咲が深い息を吐いた。

「よかった……」

耳を疑った。そんなはずがない。友達が痴漢の犯人だと知って、そんな言葉が出るはずがない。聞き間違えたに決まっている。

サヨナラするとか嫌われてもいいとか覚悟を決めたくせに、いざとなると、やっぱり怖い。不安で心臓が暴れ回る中、恐る恐る目を開ける。

信じられなかった。束咲が、薄く微笑んでいる。

「……どうしてそんな顔してるの？　あたし、ひどいことしたんだよ？　それをずっと隠して……騙してたんだよ!?」

「そうだけど……なんていうのかな。安心しちゃったの。硝ちゃんでよかったたって」

そんな反応はまったくの予想外。感情を整理できずに混乱する。

「もちろん、わざちだったら絶対に許さない。でも、そうじゃないんでしょ？　あの時は怖くて相手の顔を見る余裕なんてなかったけど……泣き出しそうな表情だけは、よく覚えてる。それに、硝ちゃんは私の裸趣味を心配して、何度もダメって言ってくれたよね。そんな優しい人が、誰かを困らせることをするはずないもん。だから、気にしないで」

「そんな……」

穏やかな微笑みに、硝は逆に愕然となった。こうも簡単に許されるなら、この数か月の苦悩は何だったのか。いや、束咲が許そうと許すまいと、罪の重さは変わりない。

「う、卯民さんのそれは……元はといえば、あたしのせいで……。だから、あたしがとめなくちゃって思っただけで……。だから、全部自分のためなの！　卯民さんを傷つけて、苦しめたんだから、何か罰を受けないと、あたしが、納得できない……！」

間を置かず、束咲が答えた。

「好きだよ。私、ずっと硝ちゃんに憧れてたから」

少しの迷いもない声に絶句させられる。それだけでなく、急角度に話のカーブを切られて理解が追いつかない。

「さっきも言ったでしょ。私は、友達とか母親とか、周りに流されるだけだったって。でも硝ちゃんは違う。自分で考えて、自分で決めて、自分で行動して」

「そ、そんな……」

硝だって束咲に流され続けた。彼女が考えているほど立派な人間じゃない。けれど彼女は、口を挟む隙を与えなかった。

「まあ、そんなのは好きになっちゃった後付けなんだけど。えっと、じゃあ改めて言うね。硝ちゃん、好きです。お返事は？」

「え……え……？」

満面の笑みで、束咲が告白の返事を迫る。答えを迷っているうちに場内が真っ暗になって、本編が始まってしまった。彼女が仰向けに寝ころんでしまう。タイミングを逃し、仕方なく硝も横になる。

冒頭は楽しい女子校ライフ。スクリーンに、女の子たちの笑顔が大写しになる。

隣を見ると、暗闇に東咲の横顔がぼんやりと浮かんでいた。表情までは窺えない。けれど、気づいてしまった。触れている彼女の左手が、細かく震えているのを。

(東咲ちゃんも、不安なんだ……)

当然だ。何週間も関係を断っていた相手に告白して、自信を持てるわけがない。

そしてまた、硝も心がぐらついていた。彼女と距離を取ろうとしていた理由が、ことごとくなくなってしまったのだから。芸能人でないならスキャンダルを気にする必要はないし、ずっと悩んでいた痴漢行為も許されてしまい、罪の意識も無意味になった。

(だからって、いいの？　本当にそれでいいの？)

この流れで告白を受け入れたら、軽薄な人間に思われないだろうか。東咲の方から求めてきたのだから、そんなのは余計な心配だろう。そうと分かっていても、心につくってしまった壁は、簡単には取り払えるものじゃない。

迷いの中、二人の手が重なった。不意に愛しさを感じ、硝は無意識に、親指で彼女の指の付け根を撫でる。

それが、告白の返事になった。

「はぁ……」

東咲が感嘆の溜息を吐いた。そして喜びを表すように撫で返してくる。彼女の甘い音色と淡い感触に、硝の胸も一気に高鳴る。指先の、軽くて微かな優しい触れ合い。でもそれだけとは思えないほど、甘美な痺れが背中をくすぐる。

（この気持ちよさって……。これ……これって……）

もう愛撫以外の何物でもない。二人は声を抑え、密やかな遊びにのめり込んだ。

「は、あ、あ……ん、あ……っ」

次第に、声が我慢できなくなってきた。他に観客はいないはずだけど、やっぱり公共の場でのいやらしく喘ぐのは抵抗がある。しばらく外遊びから離れていたので、なおのこと。

しかし、堪える硝を追い込むように、束咲は指の間を激しくくすぐってきた。

「た、束咲ちゃん……そんな、に……しちゃ…………ンッ」

ゾクゾクで背筋が跳ね上がった。同じ行為をしているのに、硝だけが悶えさせられる。

「私、ずっと練習してたんだ。また硝ちゃんと仲良くできるって信じてたから」

どんな「練習」をしていたのかなんて、確かめるまでもない。でも、一人でそうするしかなかった――彼女にそうさせてしまった時間を思うと、胸が切なく締めつけられる。

（あたし、酷(ひど)いこと言ったのに……。それでも想い続けていてくれたなんて……）

身体の中が熱く滾った。疼く股間に湿り気を覚えて、内腿を擦り合わせる。

（だ、だめ……。さすがに、こんなところでは……）

秘部に触りたい衝動を、必死に抑え込む。画面を見る余裕もなくなってくる。乾いた唇を舐め、指を愛撫される快感に呑まれ始める。

「あ……。硝ちゃん、見て見て」

束咲が画面を小さく指差した。少女の密やかで熱い喘ぎが、場内に低く響く。見開いた目に映ったのは、保健室で「委員長」と「お姉さん」がキスを交わす、あのシーン。

「うわ……うわぁ……」

二人の少女の濡れた唇が、画面に大写しになる。18禁の作品ではないはずなのに、そうとは思えないほどエロティックで、思わず声を漏らしてしまった。自ずと脚の間も疼きを激しくさせるのだけど、硝たちにとって、この場面はそれだけじゃない。

束咲が視線で指し示すのは、手前で絡む少女たちではなく、画面の奥に映るロッカー。

（あそこで、あたしたち……）

ちょうど今頃、息を潜めながらキスを交わしている真っ最中。箱の中が見えるわけじゃないのに、その時の記憶と感触が鮮明に甦って、欲情の火が性器を炙る。

「硝ちゃん……」

束咲が囁いた。彼女を見ると、唇が、何かを待つように半開きになっている。

（駄目……。ここじゃだめ……）

できれば家に戻ってから。せめて人気のない場所に移動してから。頭では冷静にそう考えているのに、欲求が身体の中から突き上げる。上半身を軽く起こし、唇を近づける。

「あぁぁぁ……」

耳に大きく響いた吐息は、スクリーンから聞こえたものか、それとも自分のか。そんな疑問なんて、唇に触れた柔らかい心地よさの中に溶けていった。

（キス、しちゃった……）

想像していなかった。彼女の唇を感じられる日が、再び来るなんて。初めての口づけのように胸が震える。泣きたくなるほど嬉しくて堪らない。けれど、そんな感傷は瞬く間に融解した。口腔にぬるっと入ってきた舌に意識を搦め捕られたのだ。

「んむ……！」

離れていた時間の分だけ、気持ちよさを強烈に感じる。挿し入れられたものに夢中で吸いついた。あまりに強く吸引したので、束咲もちょっと苦しげに眉を寄せる。けれどすぐに舌を動かし、硝の口腔内を舐め回した。

「ンぁっ⁉　ふ、あ……あ……っ」

頭が芯から痺れる。二人の唇の間で、二枚の舌が、唾液を纏って踊るように絡み合う。擦れるたびに、押しつけるたびに快感で身体が震え、口の端から雫が垂れ落ちる。

「ん、あ……ちゅ、ちゅぱ、ちゅっ」

「くちゅ、ちゅ……ちゅるる」

喘ぎながら束咲の舌を舐める。表面のざらざらと、唾液のねっとり感触に欲情を刺激され、もう我慢できない。繋いでいた手を解いて彼女のお腹に跨ると、覆い被さるようにして唇を塞いだ。

「しょ、硝ちゃ……………ふぁぁぁ……」

あんなに場所柄を気にしていたのに、キスへの欲求が自制心を軽々と飛び越えた。束咲の両頬を挟み、彼女が戸惑いを見せるほどの激しさで、唇と舌を深く捻じ込む。

「ンきゅッ⁉」

しかし、喘ぎを上げさせられたのは硝の方だった。下半身から強烈な媚電流が駆け上がる。キスにのめり込みすぎて気づかなかった。いつの間にか彼女の右手が下腹部に忍び寄り、下着の底から指先を潜り込ませたのだ。

「ひ……あ………………ッ‼」

大声を出さなかったのは奇跡に近い。悪戯に慣れた指先が、細かな動きで秘裂をくすぐる。熱い快感が、腰を中心に広がり始める。しかし東咲は、不満そうに唇を尖らせた。

「ねぇ、硝ちゃん。どうしてパンツ穿いてるの？」

「そ、それは……穿いてるのが当たり前でしょっ」

本当は、出かける直前まで迷った。きっとこれが、東咲との最後のデートになる。思い出として脱いでいくか、別れるけじめとしてちゃんと穿くか。結果的に後者にしたけど、こんなことになるのなら、ノーパンでもよかったかも、なんて思ってしまう。

「ねぇねぇ。どうしてパンツ穿いてるの？　ねぇってば」

「それは……だから……ふぁっ。あん、ひっ！」

膣口に指を入れて掻き回し、執拗に下着の着用を非難してくる。というよりも、悶える硝を眺めて喜んでいるだけみたいだ。でも、触ってもらえるなら何でもよかった。彼女を感じるだけで、幸福感が胸の中に満ちていく。

（あたし、こんなものを手離そうとしていたなんて……）

もう二度とそんな馬鹿なことを考えるものかと、快感に身震いしながら、強く誓う。

「硝ちゃん……」

「え………ひぁッ!?」

閉じた睫毛をうっとりと震わせていると、束咲の左手が耳の穴をくすぐった。鋭い快感電流が背中を走り、堪らず顎を突き上げ仰け反る。硝の方が上になっているのに、主導権は彼女。完全に受け身にさせられている。

「あ、はぁ………あぁぁぁうっ」

だんだん声を抑えられなくなってきた。時々、場内に喘ぎが響く。普通に考えたら、これ以上のエッチな行為はさすがに限界。

だけど今の二人は普通じゃなかった。暗闇の中、どんどん大胆になっていった。束咲に下着を下ろされる。無抵抗でそれに従い、剥ぎ取られた布切れを自ら足首で蹴り飛ばす。硝も彼女のTシャツの裾から手を入れ、ブラを押し上げ、露出した乳首を摘み上げた。

「ひ……ッ!?」

互いの攻撃で悲鳴が上がる。そのたびに二人は唇を合わせて何とか声を抑え込む。

「はぁ……。しょ……硝ちゃん、そんなにいっぱい……。んっ、んぐ……ングッ」

流し込んだ唾液を、束咲は喉を鳴らして飲んだ。声だけ聞くと苦しそうだけど、その目は歓喜の色に満ちている。もっと欲しいと言いたげに、舌を伸ばしてねだってくる。

「あぁ……。束咲ちゃん、可愛い……。可愛い……!」

その濡れた輝きの卑猥さに、昂りすぎて声が上擦った。口腔内にたっぷり唾液を分泌させ、彼女のものを迎え入れる。ぬるっとした舌の接触だけで、痺れる歓喜が頭を貫く。

「ふぁあぁぁぁ……」

堪らず喘いでしまい、渡すつもりだった唾液が口から零れた。彼女の顎に流れたそれを慌てて舐め取る。すると彼女は左手で硝の頭を抱え、その舌を思いきり吸引してきた。

「ずる、じゅるるっ」

「ンひッ⁉」

脳天に電流が流れた。舌の快感に呼応するように、股間からも多量の涎が流れ落ちる。

「硝ちゃん、濡れ濡れぇ。相変わらず苛められると感じちゃうね」

「そんなこと……。ううん、そうなの。あたし、束咲ちゃんに苛められると、気持ちよくなっちゃうのぉ」

一度は否定しようとして、でも首を振って、媚びた声で甘える。すると、正直な自白へのご褒美のように、彼女の指が淫裂を激しく震わせた。

「ふぁうっ！　う、あ……あう、ンあぁぁ……」

束咲のお腹に跨った腰が跳ね上がる。意思とは無関係に動く身体を、思うように抑えられない。それでも硝は自分に鞭打ち、彼女の両乳房を鷲掴みにした。

「きゅふ……ッ」

左右の指を全部使って揉みしだき、時々乳首を抓(つね)ってやると、さすがに束咲も切なそうな声で仰け反る。そして仕返しとばかりに、淫核を転がしてきた。

「はぅっ!?　はぁぁぁ……」

「硝ちゃん。そんなに大きな声を出したら、映画館の人にバレちゃうよ」

「そんなの……だめぇ……。ん、く……んむっ」

束咲のからかい声で、必死になって喘ぎを呑み込む。どんなに気持ちよくなっても、大きな声を出すわけにはいかない。普通の人なら、それはフラストレーションになるはず。けれど二人は違う。もしかしたら、という緊張感は、刺激を高める極上のスパイス。

「あはぁ……」

眼下で束咲の表情が蕩けた。瞳は熱く蕩け、口元はだらしなく緩む。そしてきっと、硝も同じ顔をしている。現に、彼女の唇辺りに、涎が糸を引いて落ちてくる。

「ねえ、硝ちゃんも触って……」

どこを？　なんて聞く必要もない。右手をＴシャツから抜き、彼女のスカートにいそいそと突っ込んだ。もちろん、そこに下着などなく、熱い泉が直に指を迎え入れる。

「だって、あんなにキスされたら、気持ちよくなっちゃうもん……」

「束咲ちゃんだってグチョグチョじゃない」

「じゃあ……じゃあ……。もっといっぱい、キスしてあげる……」

恥ずかしげに肩を竦める恋人に、ときめきがとまらない。硝は興奮で荒くなる息を抑えることもせず、欲情のまま彼女の首筋に吸いついた。

「はぁぁうっ！」

甘い喘ぎを聞かされて、責めている側の背筋も痺れた。彼女の肢体が波打つようにうねる。その動きが愛撫になって、服越しとは思えない快感を乳房に与えた。硝のブラの中でも、乳首が痛いほど硬く尖る。

「は、あぁぁ……。あたしまで、気持ちよくなっちゃう……」

硝は我慢できなくなって、彼女のTシャツを捲り上げた。

「あん………っ」

こんな場所で乳房を露出させられたのに、彼女はむしろ嬉しそうに声を弾ませて、硝の顔を胸に抱え込んだ。目眩を起こしそうなほど甘い、少女の匂い。それをいっぱいに吸い込んで、先端の尖り果実を乳輪ごと頬張った。

「あぁぁンっ」

彼女の背中が跳ねて、顔が乳房の谷間に埋もれる。その柔らかさを感じながら、口腔内の硬蕾を弄んだ。舌で弾き、転がし、舐め回し、思いきり吸い上げる。

「きゅふ……っ、うんッ。ンあ、あ……くふッ」

束咲は手の甲を口元に当て、懸命に喘ぎを抑える。それでも漏れる息が色っぽい。乳房にキスの雨を降らし、今度は反対側の乳首を同じように責めまくる。するとさすがに彼女も、硝への攻撃を忘れて音を上げた。

「そ、そんなに……されたら……声、出ちゃう。声が……ンっ」

「今さら何言ってるの。もし見つかって叱られたら、一緒にごめんなさいすればいいよ。この映画館は出禁になっちゃうかもだけど」

自分の軽口に驚く。彼女の露出に付き合わされて、ビクビクしていたのが嘘のようだ。

「硝ちゃんの言う通りだね。その時は、その時……はぁぁぁ……」

熱い息の束咲に、髪を撫でられる。恋人と同じ気持ちになれるのが、ただただ嬉しい。その喜びを伝えるように、ぐしょ濡れの秘部を彼女の太腿に擦りつける。

「あんっ、私の脚、ぬるぬるになっちゃう……」

言葉とは裏腹に、束咲がキスしてくる。硝も舌を使って応じ、互いに唾液を与え合う。

「ぐちゅ、くちゅ、ぐちゅ」「ちゅば、ちゅる、じゅぱっ」

唇の間で何度も往復させているうちに泡立ち、粘度が増して、口の中も外も糸を引いてベタベタ。その匂いと感触、そして至近距離での熱い息使いが、完全に二人を酔わせた。

『きゃあぁぁぁッ！　やめて、やめて、いやあぁぁぁぁッ‼』

いつの間にか物語が進んでいて、スクリーンから惨殺シーンの悲鳴が轟く。しかし、そんな映像にもお構いなし。むしろ大音量の振動が、快感に疼く身体に心地いい。ホラーが苦手な硝にとっても、もはや興奮を煽るBGMでしかない。

「あぁぁ凄い……。あたし……もう、我慢できないっ！」

「私も……我慢できないッ！」

まるで今までは我慢できていたようなセリフで、二人は切なげに身を捩った。横臥して抱き合いながら夢中で唇をぶつけ合う。相手の下半身に手を伸ばし、濡れ秘唇を滅茶苦茶に掻き回す。膣穴をくすぐり、クリトリスを転がしまくる。

「それ凄い……いいっ。束咲ちゃん、凄く……いいッ！」

「硝ちゃん、硝ちゃん！　私、頭……おかしくなるっ‼」

硝は束咲の頭を、束咲は硝の腰を抱き寄せて、食いつく勢いで唇を貪った。舌が相手の口腔に攻め込んだかと思えば、強烈に吸引されて、攻防が目まぐるしく入れ替わる。

そんな激しいキスをしながら、下半身も佳境を迎えようとしていた。互いの脚を絡めて太腿やふくらはぎを擦り合わせると、性器に負けない快感が昂る。

「た、束咲ちゃん、ダメっ。痺れる……！蕩ける……。腰、動いちゃう……！」

「硝ちゃん、はぁぁ、硝ちゃんっ。キス、もっと、いっぱい……はぁぁァン」

同じくらいに愛撫がうまくなったと思っていたけど、ひとりで練習を重ねていたというだけあって、束咲の指使いは巧みだった。喘ぎながらも、硝の感じる膣口付近を的確に捉えてきて、硝がひと足先に昇り詰めそうだ。

(あ、あたしだけなんて……だめっ。束咲ちゃんも一緒に……！)

とはいえ快感で頭なんて働かない。本能に任せて舌を擦りつける。

「ふきゅうっ⁉」

必死のキスが不意打ちになったのか、束咲の腰が震えた。その一瞬の隙に彼女の淫核を摘み上げる。二人は競いながら、でも息を合わせて、相手を絶頂させようと夢中で舌と指を動かした。

「そんなっ。硝ちゃん……。そこ、そんなコロコロしたら……ひっ、ひあっ！」

「束咲ちゃん、こそっ、ブルブルしないで……。もう……ふぁ、もう、もうっ！」

キスしながら、淫唇と淫核を震わせる。触れ合う太腿から痺れるような快感が走る。

「もっと……もっと、キスして、キス……っ！」

束咲はそう求めながら、自ら唇を押しつけてきた。硝も我慢できず、これ以上は無理というほど舌を擦りつける。その強烈な摩擦が引き金となった。快感の電流が淫部にまで流れ、二人を一気に高みへ飛ばす。

「ふぁっ！　しょ……硝ちゃん、硝ちゃんっ。ふぁ、ふぁ……イク……ふぁッ!!」

「束咲ちゃん、束咲ちゃんっ。イッちゃう、イク、イッちゃう……きゅふぅぅぅッ!!」

懸命に声を抑えた分だけ、快感が体内を吹き荒れた。硝も束咲も、腰を前後左右に跳ね回らせる。

「んあっ、んあッ。好き……硝ちゃん、好きぃ……！」

「あたしも、束咲ちゃんが好き………大好きぃ!!」

気づけば、映画はエンディングに突入。絶頂快感に喘ぐ二人は乱れた服を直すこともできず、明るくなるギリギリまで、愛を囁き続けた。

エピローグ　いつまでも一緒にお外でシます

硝と束咲は、劇団を立ち上げた。いったん映像の仕事から離れ、自分たちの進みたい道を、改めて一から見直してみることにしたのだ。

といっても、元は映画で共演した「姉ちゃん」が発起人。それを「委員長」と「お姉さん」が具体化しているところに、便乗させてもらった形だ。

その代わり、メンバーのほとんどは硝と束咲が集めた。まずは、硝が以前に共演した人の中で演劇に興味がありそうな娘に声をかけたら、三人も参加を表明してくれた。

それから「ウタウサギ」の配信メンバー。ただ、こちらは最初、渋っていた。束咲を思ってのこととはいえ、配信で無理をさせていたのではないかと、どこか後ろめたさを感じていたみたいだ。けれど、どうしても計画に必要だからとい説得したら、快く引き受けてくれた。どうやら、映画に出演するまでになってしまった友達に距離を感じていたので、むしろ誘ってもらえて嬉しかったらしい。

おかげで、硝がやりたかった試みも可能になった。舞台をリアルタイムで配信し、劇場以外の観客にも楽しんでもらうのだ。その配信のアイデアも、ウタウサギと出会わなければ生まれなかったかもしれない。

「……そういえば、お母さんはなんて？　束咲ちゃんの売り出しに熱心だったでしょ？」

「うん。少し前に話し合ったんだけど……。実は、娘に自分の夢を娘に託したかった、的な感じだった。若い頃に芸能界に憧れていたから、私が有名になって舞い上がっちゃったみたい。今は、少し夢中になりすぎたって反省してるよ」

母親の熱の入れ方を考えると関係悪化が心配だったけど、安心してよさそうだ。

「それよりさ、立ち上げメンバーとしてはいい感じの人数になったんじゃない？」

古びた四階建てビルの階段。二人がかりで屋上に荷物を運ぶ途中、後ろ向きで昇る東咲が上機嫌の笑みを見せる。

「でも、大きく分けると、二つのグループから成ってるわけじゃない？　俳優組と、それから配信組——東咲ちゃんの友達組の。仲良くやっていけるのかなぁ」

これまで交流がなかった女の子集団が合流するのだ。それなりに不安もある。

「そこをうまく繋ぐのが、座長である硝ちゃんの役目だよ」

「何でよ！　手伝ってよ！　ていうか、どうしてあたしが座長なの!?」

無責任に丸投げする東咲に、声を張り上げ猛抗議。この場合、本当に劇団のリーダーという意味。なぜか、硝が選ばれてしまったのだ。他の役者は映像作品との掛け持ち。配信組は演劇のことはよく分からない、という理由で。

「両方を知ってるなら、むしろ東咲ちゃんの方が適任じゃないの？　それか、年長者の委員長とか、お姉さんとか！」

「私たちは看板女優だから。そもそも、硝ちゃんが何でもするって言ったんだよ？」

「それは！　何でもお手伝いするって意味で……」

束咲と二人で気楽に始めるつもりだったから、リーダーなんて考えは頭になかった。それが急に責任ある立場にされて、重圧に潰されそうだ。

「ちょ……。硝ちゃん、重いっ」

「あ、ごめんなさい」

二人は仮眠室から分厚いマットレスを運んでいた。ダブルベッドサイズなので、一人で持つにはちょっと大変。しょぼくれた硝の腕から力が抜けた分、彼女に重量がかかってしまった。よいしょと、それを持ち直し、再び階段を昇り始めた。

「誰も硝ちゃん一人に押しつけたりなんかしないよ。それに事務所がバックアップしてくれるんでしょ？　不慣れなのはみんな同じ。頼り合っていいんだよ」

最初は事務所を辞める予定だった。硝が劇団をやりたいと言ったら、新業態のテストケース的な感じで協力してくれることになったのだ。おかげで負担は少なかったし、半年も経たず、明日の初公演までこぎつけた。

後は、このビルの地下にある劇場が、硝たちの初舞台を待っている状態。

とはいえ、劇場分のチケットが完売したのは昨日の夜。配信組がＳＮＳ上で宣伝しまくり何とかなった。ウタウサギや委員長のファンの口コミも、大きな助けになったらしい。

「初公演で完売っていうのは凄くない？」

「本番で楽しんでもらえなくちゃ意味ないよ。それに、失敗したら手伝ってくれた事務所にも申し訳が立たないし。うう、先が思いやられる……」

「考えたって仕方ないよ。後は一生懸命にやるだけ。でしょ？」

　束咲が気楽すぎる。というよりは、硝を気遣って明るく振る舞っているんだろう。

「だから、硝ちゃんが背負う必要はないんだって。事務所も、一発目からの大成功は期待してないと思うよ？　それでも叱られちゃった時は、全員でごめんなさいしに行こう」

「……何か、前にも似た会話をした気がする」

　あれは映画館デートでのことだっただろうか。確かに、座席でエッチしているのに比べたら、ずいぶんと罪が軽いような気がしないでもない。

「あ。硝ちゃん、ちょっと顔が明るくなった」

「そういうこと言わないでよ、恥ずかしいっ」

　束咲にからかわれ、紅くなった頬を膨らませる。でも彼女の言う通り、少し気分は楽になった。それがエッチきっかけというのは、さすがにもどうかと思うけど。

　何にせよ、明日はいよいよ初日。リアルタイム配信のリハーサルも入念に済ませ、他のメンバーは帰宅。硝と束咲は、最終チェックのために居残った。

　もちろん、それだけが理由じゃない。扉を開けて屋上に出る。ここは、劇場を使う劇団が練習をしたり小道具を作ったり休憩したりと、様々に利用されているスペースらしい。そのためなのか、手すりに囲いの板を貼りつけて、外から見えづらいようになっている。

　つまり、二人にとって、おあつらえ向きの場所。

あらかじめ敷いておいたブルーシートの上にマットレスをおろし、準備完了。手早く服も下着も脱ぎ捨てると、束咲は、スタンドに設置したスマホに駆け寄った。

「じゃ、動画撮るよー」

撮影を開始し、彼女も硝の隣に腰を下ろす。マットレスは二十センチ以上の厚みがあるけれど、椅子ではないのでやっぱり低い。二人並んで膝を伸ばすと、全裸であるのも手伝って、お人形さんのようだ。

「はーい。みんな見てる？ ウタウサギの生配信だよー。明日はいよいよ、私たちの劇団の初公演。劇場に来られない人も、オンラインチケットがあるから、ぜひ楽しんでねー」

「ざ、座長の硝でーす……。よ、よろしくお願いしまーす……」

流れるようなお喋りで手を振る束咲に対し、硝は棒読み。笑みもぎこちない。

「ちょっとー。役者のはしくれとしては落第点の挨拶だよー？」

「だ、だって……。配信なんて初めてなんだもん……」

露わな乳房を両腕で覆い、身を斜めに捩らせる。本当に配信しているわけじゃない。録画しているだけの配信ごっこ。ただ「これからはオンラインで話す機会も出てくるだろうから、その練習」という束咲の口車に乗せられて、こんな真似をさせられていた。

「今回は特別に、舞台内容のさわりを、先行でちょっと見せちゃうね」

彼女の指が、肩を優しく撫で上げる。筆の穂先のような淡い感触と、外気の冷たさが相まって、硝は反射的に肩を竦ませた。

今回の演目は、少女同士の恋愛。世間的には有耶無耶には終わった硝と束咲の関係を、あえて連想させる内容になっている。というか、今後も主にその方向でいく予定だ。

「ほ、本当に見せちゃうの……？」

「もちろん。たくさんの人に見てもらおう」

淫靡な笑みで、束咲が唇を寄せてくる。つい目を閉じそうになったら、視線でスマホの方を見ろと誘導された。レンズの向こうに視聴者なんていない。それなのに、無数の視線が全身の肌に突き刺さる。胸の先も脚の間も、激しく疼いて堪らない。

「は……あぁぁぁ……。ど、どうしてこんなに……」

ゾクゾクと身震いする硝を見透かしたように、束咲が耳に囁きかけた。

「硝ちゃん、見られる快感に目覚めちゃった？」

「ち、違……………ンッ⁉」

否定の言葉より早くキスで口を塞がれた。抵抗できたのは、ひと呼吸分の時間だけ。閉じた唇の間を、彼女の舌先が軽く舐める。たったそれだけで瞳が蕩ける。口を開き、迎え入れた舌に自分から吸いついてしまう。

「はぁ……」

熱い溜息で束咲が震えた。互いに唇を啄み、舌先を吸い合うと、ぴちゃぴちゃと粘った音が、暗くなった空に響く。束咲の手が、硝の腿に添えられた。刷くような軽い愛撫に促され、片膝を立てる。開いた股間に指先が滑り落ち、秘裂を優しく撫で上げる。

「ふぁ……！」

痺れる快感が背筋を走った。恥溝をなぞっているだけなのに、淫襞が綻び始める。触ってもいない鼠径部にまでが淡い電気が流れて身震いする。

「んふふっ。硝ちゃんのここ、トロトロだよぉ。みんなにも見せてあげる」

カメラに目を向けた東咲が、断りもなしに硝の性器をぱっくり開いた。途端に熱い蜜が流れ落ち、内腿を濡らす。

「え、あ!? や……やだ、見ないで……！」

そう言いながら、硝は脚を閉じようとしなかった。羞恥に身を竦ませつつも、自分から見せびらかすように腰をせり出してしまう。

「そんなに見られるのが気持ちいいの？　硝ちゃんは、もう普通に舞台に立てない身体になっちゃったんだね。お客さんの視線を感じただけで、いっぱい濡れ濡れなんだね」

「そ、そんなこと……。やぁぁぁん、触って……もっと触ってよぉ」

意地悪な囁きに涙目になる。それだけでなく、東咲は刷くような焦らし愛撫しかしてくれない。羞恥責めに耐えきれなくなった硝は、彼女の首に抱きつきおねだりした。右に左に腰を捩じらせ、お尻をくねらせ、脚をさらに大きく開いて。

「硝ちゃん、やらしい……。やらしい硝ちゃん、大好き……」

「言わないで……。でも、ああ……あたしも、東咲ちゃん大好き……ふぁ、あ……！」

唇に吸いつきながら、硝も彼女の下半身に手を伸ばした。恥裂に指を埋めると、予想外というか予想通りというべきか、底なし沼のように深いぬかるみへと呑み込まれていく。

「ンもう。束咲ちゃんも濡れ濡れビショビショ。これなら遠慮はいらないね」

硝は歓喜に目を細める。そして、こうして欲しいんだと伝えるように、最初からトップスピードで彼女の淫裂を激しく掻き回した。

「ひゃッ!? そんないきなり……ひ、あ、ふぁ、ひぃンッ!!」

束咲の喉が反り返る。お尻も何度も跳ね上げ悶える。硝の指使いに触発されてか、彼女の愛撫も本格的になった。二人とも、可能な限りの素早い動きで相手の恥襞を掻き乱す。

「ふぁうっ、ん、あ……きゅううぅぅっ！」

眉を寄せて束咲が呻く。硝も片腕で彼女の首に抱きつき、喘ぎながら頬を擦りつける。二人とも、とっくにカメラを見る余裕なんてない。マットレスに倒れ込み、キスを交わしながら愛撫にのめり込む。

「はぁ……はぁ……。束咲ちゃん、束咲ちゃん…………ッ！」

「硝ちゃん……ンあぁぁぁ……！」

硝は束咲の上にのし掛かり、その唇を夢中で貪る。かと思えば、今度は彼女が上になって首筋を舐めてくる。二人はコロコロ転がって、目まぐるしく上下が入れ替わる。

その最中、夜空の星が視界に入った。周囲には、ここより高いビル群の明かり。屋外でエッチしているのだと改めて実感した、その瞬間、急に息が乱れた。ただでさえ抑えきれない興奮が、暴走気味に体内を駆け巡る。

「ふぁ、ふぁ……ンあぁぁぁ……！　じゅる、じゅぷ、じゅるるるっ」

「しょ、硝ちゃん…………ンぷっ」

我を忘れて昂る硝に唾液を啜られ、束咲が目を白黒させる。しかし即座に対抗意識を燃やし、舌を擦りつけてきた。硝を押し倒して唾液を流し込む。それを飲んでしまいたい気持ちを懸命に堪え、自分のものと混ぜて送り返した。そして彼女も、自分の唾液を追加して再び戻してくる。

「あふ、んぷ……ぴちゅ、ちゅぷ」「ちゅぱ、じゅぷ、じゅる、くちゅっ」

卑猥な音と共に二人の間を行き来する唾液は、攪拌され、粘度を増し、べとべとに糸を引いて口元を濡らした。

「はぁ、はぁ……。あふ、ふあ……！」

キスの快感が、次第に理性を麻痺させる。欲情に衝き動かされ、言葉にならない喘ぎで束咲の胸に吸いつく。

「あぁんっ」

彼女は驚きと悦びの混じった声で、硝の頭を抱えた。乳房の甘い匂いを堪能しながら、思いきり乳首を吸い上げる。

「ちゅぱ、ちゅぱ、ちゅ……ちゅぅぅぅぅっ」

「ふぁん。硝ちゃん、強い……。そんなに吸われたら、おっぱい、出ちゃうぅ……ン!!」

髪を振り乱しながら束咲が叫ぶ。あまりに切なげな声のせいなのか、硝の舌は、出るはずのない母乳を感じた。錯覚だと分かっているのに、もっともっと欲しくなって、ちゅぱちゅぱと繰り返す吸引で搾り出そうとする。

「あんっ。もう……みんなが見てるのに。いやらしい赤ちゃんでちゅね」

「あ……。ごめんなさい……」

妄想母乳に没頭しすぎた。嘘配信ということも忘れてドキリとなって、思わずカメラの方に視線を向けてしまう。隙を見せたその一瞬に、仰向けに倒された。ぽふんと軽い音を感じると同時に、彼女は脚の間に顔を突っ込んで淫裂に舌を押しつけてきた。

「ぺろり」

「ひぁン！」

快感に強張る膝が、強引な手に押し開かれる。星空に向かって開脚する格好になり、とてつもない羞恥で淫部が竦み上がる。

しかも、緊張を覚えたそこに、性欲とは別の切迫感が予告もなく襲い来た。

「ちょ、待っ……。待って、束咲ちゃん！　そこ、駄目……離れて！」

放尿の欲求が急速に高まり、慌てて突き放そうとする。しかし彼女は聞こえないふり。むしろ舌で淫唇を弾きまくり、振動で尿意を刺激しまくる。

「ふぁぁぁっ⁉　それ、ホントに駄目……。駄目だってっ！　あぁぁぁ出る……出ちゃう、おしっこ、出ちゃうっ‼」

束咲の舌が、膣口から尿道を一気に舐め上げた。我慢が決壊し、必死に押し留めていたものが一気に放たれる。

「ンあぅっ。ふぁう、あう、やあぁぁぁんっ‼」

ギリギリまで粘っていた束咲が、硝の喘ぎで素早く身をかわす。勢いよく噴き上がった流水はマットレスを飛び出し、コンクリートの床を叩く。

「やだやだ、いやぁぁぁ！　またやっちゃったぁ……」

「あは。硝ちゃんのおしっこ、久しぶりぃ」

両手で顔を隠して失禁を嘆く硝の上から、楽しそうな声が降ってきた。

「ほら見て見て。硝ちゃんお得意のおしっこショーだよぉ。この娘、お外でするのが大好きだから、次もばっちり期待してね」

束咲がカメラに向かってピースサイン。そのセリフがあまりに流暢で演技とは思えなくて、やっぱり不安に襲われる。

「ちょっと！　これ、ホントに配信してないんだよね⁉」

「そうだけどぉ、そのつもりでやってくれなくちゃあ」

束咲が苦笑いする。その悪戯っぽい表情は、少しも安心材料を与えてくれない。

とはいえ今は、終わりかけのおしっこでマットレスを濡らさないように気をつけるのが最優先。でも、外に向けて伸ばしたその脚を、彼女は掴んで引き戻してしまった。しかも素早く態勢を変え、性器同士が押しつけてきた。

「束咲ちゃん何を……あっ！」

「今夜はいっぱいサービス。貝合わせだよ。硝ちゃんも動いて。ほら、ほらっ」

「ちょ、そこ、まだ……あ、あ……あッ‼」

おしっこと淫蜜で濡れた淫裂を、円を描く腰使いで嬲られる。失禁やら配信やらで動揺が収まらないのに、卑猥なキスを強要された性器から、ゾクゾクと快感が駆け上る。

「ふぁ……ふぁッ。そんな、激しく動かされたら……やん、ふぁあぁっ」

「そ、そう言う硝ちゃんだって……腰、やらしくうねって……ヒッ、ひあぁぁンっ」

二人の嬌声が星空に吸い込まれていく。広々とした空間で性欲を解放する快感は、何者にも代えがたい。もしかしたら、束咲はそのうち本当にエッチな配信を始めるのではという不安もあるけど。

「……その時はその時。あたしも、ちょっとやってみたいかも」

想像するだけでドキドキして、身体の昂りが最高潮に達した。

「しょ……硝ちゃん、何か言った？」

「う、ううん。束咲ちゃん……大好き。こ、こんな素敵なこと……あ、はぁ……。教えてくれて……ありがとう！」

「私も、硝ちゃん……好きぃ！　ねえ一緒に……これからも一緒に……！」

「うん、イこう！　何回も……いつまでも……ッ！」

胸が好きでいっぱいになる。感極まった身体が、快感の渦に呑み込まれる。二人は辺り一帯に絶頂の声を響かせて、解放感の悦びに耽り続けた。

あらおし悠執筆おすすめ作品

二次元ドリーム文庫 第413弾

百合保健室
失恋少女の癒やし方

女の子が大好きな保健の先生である珠里は、失恋に悲しむ文乃を生徒と知らず身体で慰めてしまう。それから文乃は学校内でも甘えてくるようになり、立場上困る珠里だがまんざらでもなく……？　秘密と不安定な生徒を守るための百合Ｈは、やがて本当の恋心を目覚めさせてゆく。

小説●あらおし悠　挿絵●きさらぎゆり

あらおし悠執筆おすすめ作品

二次元ドリーム文庫 第425弾

百合サキュバスとぼっち女子 ～淫魔喫茶の秘密部屋～

女の子だけを好むサキュバスのアリアは、人間の娘を攫うべく人間界へ降り立つ。そこで淫気を人一倍放ちながらも孤独を抱える少女・亜輝と出会う。喫茶店で働きながら手練手管の百合エッチで亜輝との関係を深めていくのだが、とある問題に直面することになる。

小説●あらおし悠　挿絵●ぶっしー

本作品のご意見、ご感想をお待ちしております

本作品のご意見、ご感想、読んでみたいお話、シチュエーションなど
どしどしお書きください！　読者の皆様の声を参考にさせていただきたいと思います。
手紙・ハガキの場合は裏面に作品タイトルを明記の上、お寄せください。

◎アンケートフォーム◎　**https://ktcom.jp/goiken/**

◎手紙・ハガキの宛先◎
〒104-0041 東京都中央区新富 1-3-7 ヨドコウビル
(株)キルタイムコミュニケーション　二次元ドリーム文庫感想係

百合いんふるえんさー
ふたりのエッチな野外活動

2023 年 7 月 2 日　初版発行

【著者】
あらおし悠

【発行人】
岡田英健

【編集】
餘吾築

【装丁】
マイクロハウス

【印刷所】
図書印刷株式会社

【発行】
株式会社キルタイムコミュニケーション
〒104-0041　東京都中央区新富1-3-7ヨドコウビル
編集部　TEL03-3551-6147 ／ FAX03-3551-6146
販売部　TEL03-3555-3431 ／ FAX03-3551-1208

禁無断転載 ISBN978-4-7992-1784-9　C0193

KTC